10.26의 초상

이 책은 순천시 도서관운영과
〈2025년 시민원고 출판비 지원사업〉으로 제작하였습니다.

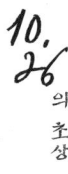
10.26의 초상

초판 1쇄 발행 2025. 9. 10.

지은이 주요한
펴낸이 김병호
펴낸곳 주식회사 바른북스

편집진행 김재영
디자인 최다빈
마케팅 송송이 박수진 박하연

등록 2019년 4월 3일 제2019-000040호
주소 서울시 성동구 연무장5길 9-16, 301호 (성수동2가, 블루스톤타워)
대표전화 070-7857-9719 | **경영지원** 02-3409-9719 | **팩스** 070-7610-9820

• 바른북스는 여러분의 다양한 아이디어와 원고 투고를 설레는 마음으로 기다리고 있습니다.
이메일 barunbooks21@naver.com | **원고투고** barunbooks21@naver.com
홈페이지 www.barunbooks.com | **공식 블로그** blog.naver.com/barunbooks7
공식 포스트 post.naver.com/barunbooks7 | **페이스북** facebook.com/barunbooks7

ⓒ 주요한, 2025
ISBN 979-11-7263-572-5 03810

• 파본이나 잘못된 책은 구입하신 곳에서 교환해드립니다.
• 이 책은 저작권법에 따라 보호를 받는 저작물이므로 무단전재 및 복제를 금지하며,
이 책 내용의 전부 및 일부를 이용하려면 반드시 저작권자와 도서출판 바른북스의 서면동의를 받아야 합니다.

10.26의 초상

주요한 장편소설

바른북스

천사소녀 네티, 그리고 세인트에게

10월 24일, 1979년

　빛이 자리를 비킨 공간 속에서 기차는 어둠 속을 달리고 있었다. 기차는 거대한 소리를 내며 선로를 따라가고 있었는데, 그 소리는 기차의 부속 기계들이 서로 마찰하며 나는 둔탁한 기계음이었다. 그 차가운 기계음을 내뿜으며 질주하는 거대한 쇳덩어리는 이성적이고, 단단하고 강한 존재로 보였다. 하지만 어쩌면 그 거대한 쇳덩어리는 이성적이지도 않고, 단단하지도 않고, 강한 존재가 아닐지도 모른다. 그 쇳덩어리는 그저 주어진 선로에 의존해 따라가고 있을 뿐이었는지도 모른다.
　그 거대한 쇳덩어리 속 승객들은, 선로에 의존하는 기차에 의존하는 사람들이었다. 기차가 없으면 사람들은 목적지를 향해 편히 갈 수 없었다. 사람은 기차에 의존했고, 기차는 선로에 의존했다. 자신보다 강한 어떤 존재에 의존하는 것, 세상은 그런 것이었다. 그러나 이 세상은 그렇게 단순하지만은 않을지 모른다. 선로는 사람이 없으면 관리되지 않는다는 것이다. 결국 선로는 사람에게 의존한다. 사람은 기차에 의존하고, 기차는 선로에 의존하며, 선로는 다시 사람에게 의존하는 것이다. 특별히 강한 존재 없이, 가위바위보처럼 상호작용을 하며 유지되는 세상, 세상은 어쩌면 그런 것에 더 가까울지도 모른다.

그렇다고 사람이라고 해서 모두 선로를 관리할 수 있는 능력을 갖춘 것은 아니었다. 지금 객차 안에 있는 승객 대부분이 그러할 것이다. 승객들은 어두운 객차 안에서 각양각색의 모습을 보이고 있었다. 이따금 들리는 헛기침 소리와 바스락거리는 소리, 소곤거리는 소리, 발걸음 소리가 어둡고 고요한 객차 안을 적막하게 채우고 있었다. 모자로 얼굴을 덮고는 의자를 뒤로 젖혀 코를 골며 자는 사람, 손가락에 침을 묻혀가며 신문을 넘기고 있는 사람, 소곤거리며 대화하는 젊은 남녀, 화장실을 가려는 듯 객차 밖으로 이동하는 사람 등, 각양각색의 사람들이 한 객차 안에 있었다. 그들은 목적지는 같지만, 목적은 서로 다른 사람들이었다.

흰 와이셔츠에 검은 정장, 검은 구두를 착용한 쉬리도 그런 각양각색의 승객 중 하나였다. 차림새를 듣기만 하면 번듯해 보일 만했으나, 쉬리의 행색은 그렇게 좋지 않았다. 오히려 꾀죄죄해 보이기까지 했다. 몇 달은 손질하지 못한 듯한 더벅머리와 듬성 듬성 난 수염은 지저분해 보였고, 단추 몇 개 풀어진 흰 와이셔츠 카라엔 목 때가 누렇게 배어 있었다. 변색이 온 검은 재킷에 가린 허리춤엔 무언가가 있는 듯 불룩했고, 구두는 풍파를 겪은 듯 거칠게 닳아 광택 없이 흐물거렸다. 그런 쉬리의 모습에서 한 줄기 위안을 삼을 만한 부분이 있다면, 얼핏 드러나는 반반한 얼굴과 듬직한 체격이었다. 꾀죄죄한 차림에 손질하지 않은 용모였음에도, 쉬리의 남성성이 느껴지는 단단한 몸과 깊은 검은색 눈동자를 지닌 곱상한 얼굴은 숨길 수가 없었다.

쉬리는 턱을 괸 채 멍하니 차창 밖 어둠을 바라보고 있었다. 쉬리는 기차를 타기 전, 조금 전 일을 생각했다.

"부장님, 지금…. 그게 무슨 말씀입니까?"

쉬리는 당황한 표정으로 자신의 앞에 있는 김 부장을 보며 말했다. 중년의 남성인 김 부장은 쉬리와 비슷한 정장을 입고 있었으나, 후줄근해 보이는 쉬리와는 다르게 단정한 복장이었다. 머리는 군인처럼 짧고 깔끔했다. 보통 키에 보통 체격이었지만, 두드러진 광대뼈와 각진 턱, 날카로운 눈매에서 그 안에 강한 의지를 담고 있는 듯한 냉철함이 풍겨 나왔다. 다만, 그의 두툼한 뿔테 안경과 두툼한 입술이 그의 차가운 인상을 다소 중화시켜 주고 있었다.

"언제 어느 때라도 행할 수 있게, 총을 잘 준비해 두고 있으란 말이다."

김 부장은 단호하게 말했다. 날카롭게 울리는 김 부장의 빠르고 단호한 목소리에 쉬리는 잠시 침묵을 지키며 허리춤을 매만졌다.

"…꼭 그러셔야만 하겠습니까."

쉬리의 목소리는 조심스럽고 낮았다. 그 안에는 떨림과 함께 억누른 의문이 담겨 있는 것 같았다.

김 부장은 한동안 아무 말 없이 쉬리를 바라보았다. 창문 밖으로 비가 내리고 있었다. 희미한 조명 아래, 그의 안경 너머 눈동자는 냉혹할 만큼 침착해 보였다.

"그날은…. 앞으로 며칠 이내가 될지도 모른다."

그의 목소리는 전보다 낮고 깊었다. 오래전부터 다짐해 온 생각을 되새기듯, 무겁고 비장하게 가라앉아 있었다. 잠시 침묵이 흐르고, 김 부장은 다시 입을 열었다.

"자유민주주의를 위해서."

김 부장은 단호하게 말했다.

차창 밖을 바라보던 쉬리는 눈을 감고 이내 생각에 잠겼.

민주주의…. 말은 아름답고 좋은 것처럼 들린다. 국민이 주인인 나라. 민주주의의 기본은 국민이 나라의 대표를 직접 선출할 수 있는 권리, 즉 투표권이다. 하지만 이는 국민이 인재를 알아보지 못하고, 부족한 사람을 대표로 선출할 가능성도 있다는 의미다. 물론 이것은 일정한 임기 후 국민이 다시 투표로 바꿀 수 있기에 불가역적인 문제는 아니다. 그러나 역시 다음 대표도 인재가 아닐 수 있다. 국민은 그 수준에 맞는 대표를 뽑기 때문이다. 대표는 그 나라의 수준을 대변한다.

 설사 국민이 인재를 뽑았다 하더라도 문제는 남는다. 민주주의의 또 다른 원칙, 다수결 때문이다. 대표가 좋은 정책을 제시하더라도 여러 협의를 거쳐야 하므로 정책의 추진은 더뎌지고, 심지어 수준 낮은 사람들에 의해 좋은 정책이 폐기될 수도 있다. 그리고 인재인 대표도 역시 일정한 임기 후에는 물러나야 한다. 그렇기에 장기적으로 훌륭한 정책이더라도, 그 임기 이후 후임자에 의해 엎어질 수도 있다. 결국 국가는 앞으로 나아가지 못하고, 쳇바퀴만 도는 결과를 낳을 수도 있다.

 반만년의 역사를 가진 우리나라는 대대로 왕정 국가였다. 대표를 투표로 선출하는 데 익숙한 민족이 아니다. 태생부터 시민이 투표권을 가지고 대표를 선출한 미국과는 유전자부터 다르다. 세계적인 흐름에 따라 선거제도를 받아들였었지만, 그것이 지금 우리 옷에 맞는 것일까. 국민이 제대로 된 주인의식을 가질 수 있도록 하는 과정이 먼저 이뤄져야 하지 않을까.

 지금, 대한민국은 유신 헌법 시대에 있다. 국민에게 투표권은 없다. 하지만, 국가는 급속도로 성장하고 있다. 박 대통령이 20년 가까이 집권하는 동안, 국가는 경제성장이라는 일관된 목적 아래 하나의 방향으로 달려 나가고 있다. 6.25 전쟁 이후, 세계 최빈국 중 하나였던 대한민국은 한강의 기적이라 불릴 만큼 눈부신 성장을 이뤘다. 아시아의 용이 되었다. 이는 박 대통령의 정책과 추진력, 그리고 국민의 노력이 함께 만들어 낸 성과였다. 이것이 유능한 대표가 국가를 장기적으로 이끌 때 가능한 긍정적 결과였다. 어쩌면 유신체제는 불완전한 민주주의를 대체하기 위한 실험일지 모른다.

하지만 이는 어디까지나 대표가 유능할 때의 이야기다. 대부분의 장기 집권 지도자는 역사 속에서 그렇지 못했다. 권력 유지에 급급한 나머지 민생에는 관심조차 없었다. 그런 지도층은 결국 민란을 불러오고, 쿠데타를 겪는다. 역사가 그 결과를 말해준다. 과연 유신체제는 누구를 위한 것인가.

하지만 또 다르게 생각해 보면, 민란과 쿠데타는 인간 본연의 성질인, 국민 개개인의 권력욕에서 비롯된 결과라고도 볼 수 있다. 그렇기에 모든 국민이 투표권이라는 동등한 권력을 갖는 민주주의는 인간의 본성을 모두 아우르는 그나마 가장 덜 나쁜 제도가 아닐까. 민주주의라는 체제 안에서 살아가는 것이, 어떤 상황을 초래하든지 간에 가장 인간답게 사는 것은 아닐까.

그렇지만 만약 기독교 국가에서 예수가 재림하여 평생의 권력을 갖고자 한다면 그것에 반대하여 쿠데타나 민란이 일어날 것인가. 여전히 뭐가 맞는 건지 잘 모르겠다.

그런 생각이 쉬리의 머릿속을 어지럽히던 중, 기차가 목적지에 도착했다는 안내방송이 객차 안에 울려 퍼졌다. 쉬리는 느릿하게 눈을 떴다. 뭔가에 눌린 듯 무거웠던 생각의 흐름이 그제야 멈추는 듯했다. 그는 고개를 들고 창밖을 바라보았다. 창밖에는 불빛이 어른거리고 있었다. 어딘가 낯설고 조용한 공기. 목적지인 광주였다.

쉬리는 기차에서 내렸다. 오랜 시간의 기차 여행이었지만 쉬리는 큰 짐 없이 몸만 내렸다. 이 역에서는 쉬리뿐만 아니라 많은 사람도 함께 내렸다. 하지만 목적은 모두 각양각색이었으리라. 쌀쌀하면서도 선선한 가을 밤공기가 쉬리의 몸을 감싸안았다. 쉬리는 서울 공기와는 뭔가 다른 기분이 느껴졌다.

쉬리는 역 앞으로 나가 주위를 둘러보았다. 광주역이라고 써진 간판이 광주의 밤하늘을 밝히고 있었고, 역 앞에는 광장처럼 펼쳐진 커다란 로터리가 있었다. 밤이라 그런지 차들이 많지 않아 로터리는 더욱 넓어 보였다. 그리고 한쪽 바로 보이는 곳에 택시 승강장이 있었다. 쉬리는 택시 승강장으로 가서 제일 앞에 있는 택시에 올라탔다.

"어서 오십쇼~ 어디로 모실까요잉?"

택시 기사가 쉬리를 반기며 말했다.

"금남로 성당이요."

쉬리는 짧게 대답했다.

"예~ 알겠습니다잉~"

택시 기사는 사투리가 잔뜩 묻어 있는 말투로 말했다. 택시는 거칠게 움직이기 시작했고, 광주의 밤거리를 따라 달리기 시작했다. 거리의 불빛이 창밖을 스치듯 지나갔다. 가로수의 그림자, 적막한 골목이 흐릿한 윤슬처럼 번졌다.

"보기에 서울분 같으시네요~ 서울 분위긴 좀 어떠요? 요즘 시국이 영 뒤숭숭하잖아요잉…. 부산이랑 마산 쪽 난리 난 거, 탱크로 밀어버린단 소문도 있던디요…."

택시 기사는 쉬리의 얼굴을 백미러로 슬쩍 훔쳐보며 말을 걸었다.

"특별히 잘 모르겠습니다."

쉬리는 짧게 대답했다. 택시 기사로부터 다음 질문을 이어받지 않기 위한 의지가 보이는 짧은 대답이었다. 그러자 택시 기사는 한 박자 쉬고는 말을 시작했다.

"아이고, 진짜 군바리들이 들이닥치믄 어쩌란디요? 대통령은 또 와 YS를 제명해불어서 이 난리랑가. 독재도 이쯤 되믄 정말 썩을 독재여. 4.19로 겨우겨우 독재자 하나 쫓아냈더니, 딴 놈이 또 굴러와 박혀불고…. 이래 계속 난리통이여부렀음시롱, 우리 광주도 언젠가는 큰일 한번 날 것 같당께요…."

택시 기사는 혼자서 떠들어 댔다. 쉬리는 창문을 열었다. 바람 소리와 택시 기사의 말소리가 섞이며 안정을 찾았다. 쉬리는 창밖으로 살짝 고개를 내밀어 밤공기를 마셨다. 상쾌한 기분이었다.

얼마나 달렸을까. 창밖을 바라보던 쉬리는 엄청나게 널따란 도로가 시야에 들어오자, 목적지에 거의 도착했음을 직감했다.

금남로는 광주의 중심가이자 가장 넓은 도로였다. 주욱 뻗은 도로 끝에는 광주역처럼 넓은 로터리가 있었고, 그 중심에는 작동하는지 알 수 없는 분수대가 조용히 자리를 지키고 있었다. 그리고 그 너머로, 전라남도의 중심이라 할 수 있는 전남도청이 위엄 있게 내려다보고 있었다.

가을 밤하늘, 별빛이 쏟아질 듯한 그 아래에서 전남도청은 고요하고 평화로워 보였다. 쉬리는 이 오묘한 기분을 더 느끼고 싶었다. 하지만 택시는 아랑곳하지 않고 전남도청을 지나 골목으로 접어들었다. 골목을 몇 번 꺾은 뒤, 차량은 거칠게 멈췄다.

"여기입니다잉. 금남로 성당."

쉬리는 택시에서 내렸다. 차 문을 닫는 소리가 유난히 크게 들렸다. 택시가 멀어지자 그는 찬찬히 성당을 돌아보았다. 작은 마당이 있는 단층짜리 아담한 성당이었고, 한쪽에는 별관처럼 보이는 자그마한 건물도 딸려 있었다. 성당 지붕 꼭대기에는 십자가가 은은한 빛을 내며 서 있었고, 그 옆에는 오래된 종이 조용히 매달려 있었다.

십자가에서 뿜어져 나오는 희미한 빛 덕분에 마당은 어슴푸레하게 밝혀져 있었고, 그 위로 낙엽들이 이리저리 흩어져 있었다.

마당 가장자리엔 버드나무 한 그루가 조용히 서 있었는데, 바람에 실려 흔들리는 가지들이 성당을 감싸듯 그림자를 드리우고 있었다. 성당 안에서 흘러나온 주광은 창문에 드리워진 스테인드글라스를 부드럽게 비추며, 따스한 빛으로 바깥을 물들이고 있었다.

쉬리는 괜히 경건해지는 기분이 들었다. 그때, 성당 문이 스르르 열리기 시작했다. 쉬리는 자연스럽게 시선이 문으로 향했다.

열리는 문틈 사이로 빛이 새어 나오고, 성스러운 침묵 속에서 수녀복을 입은 한 여성이 천천히 모습을 드러냈다. 그녀가 한밤중의 첫 빗방울처럼 조용하고 경건하게 한 걸음 내딛자, 그녀의 뒤에서 퍼지는 빛이 마치 후광처럼 그녀를 감쌌다. 순백의 수도

복은 달빛을 받아 투명하게 빛났고, 검은 베일은 밤의 정적을 품은 듯 깊고 차분했다. 잔잔한 바람에 일렁이는 그녀의 옷자락은 천사의 날개처럼 성스럽게 펄럭였다.

그녀의 얼굴은 한 폭의 성화처럼 비현실적으로 고왔다. 단아하게 묶인 머리칼 아래로 드러난 고운 이마와 온화한 눈매에는 세상을 포용할 듯한 자애가 깃들어 있었고, 눈동자는 마치 밤하늘의 은하수처럼 빛났다. 쉬리는 그 모습을 넋 놓고 바라보았다. 이곳이 현실이 아닌, 하늘에 있는 것처럼 느껴졌다.

"어서 와."

그녀는 한 걸음 앞으로 나서며 잔잔한 목소리로 쉬리에게 말했다. 그 작은 목소리는 성당의 공간을 가득 채우며 영혼 깊은 곳까지 스며드는 듯했다. 그녀의 발걸음은 마치 신에게 바치는 기도처럼 경건했고, 그 움직임은 신의 은총을 받은 듯 우아했다. 두 손을 모은 채 지은 평화로운 미소는, 누구라도 자신의 사연과 죄를 고백하고 싶은 충동이 일어날 수밖에 없을 것만 같았다.

"먼 길 오느라 고생 많았어."

그녀는 환하게 웃으며 말했다. 그 모습은 마치 한 송이 순백의 백합처럼 아름답고 성스러웠다. 그녀의 존재는 세상의 모든 아름다움을 초월한 듯했고, 그 광채는 어둠을 밝히는 빛 같았다.

목차

프롤로그

| 1장. 피도 21 |

| 2장. 수녀 42 |

| 3장. 문방구 51 |

| 4장. 편지 72 |

| 5장. 정 86 |

| 6장. 총 110 |

| 7장. 겁 124 |

| 8장. 암호 133 |

| 9장. 역사 149 |

| 10장. 여정 164 |

| 11장. 시간 186 |

| 12장. 조우 198 |

| 13장. 이별 236 |

| 14장. 초상 247 |

에필로그

1장

괴도

10월 24일, 2019년

깊은 밤인데도 광주국립박물관은 어딘가 어수선했다. 경찰 제복을 입은 이들 중 몇몇은 박물관 내부 전시관마다 경비를 서고 있었고, 몇몇은 분주하게 박물관 안팎을 돌아다니고 있었다. 이는 '괴도 버드'라는 도둑이 길일을 택해, 광주국립박물관에 전시된 수많은 그림 작품 중 하나를 가져가겠다고 예고장을 보냈기 때문이었다.

한국의 괴도 버드는 프랑스의 괴도 루팡이나 일본의 괴도 키드처럼, 한국의 신출귀몰한 존재로 여겨지고 있었다. 특이하게도 그녀는 항상 적어도 40년 이상 된 물건만 훔쳤다. 골동품부터 시작해서, 값은 나가지 않지만 개인의 추억이 있는 물건이나, 왜 훔쳤는지조차 이해할 수 없는 보잘것없는 물건까지. 그 종류는 일정하지 않고 매우 광범위했다.

그리고 그녀가 훔친 대상은 부자나 서민, 가난한 사람을 가리지 않았다. 한번은 어렵게 사는 가족의 가보를 훔친 적도 있고, 당시 그 가족은 하늘이 무너져 내린 듯한 절망에 빠졌었다.

게다가 그녀가 훔친 물건은 세계 어느 경매장이나 장물 시장에서 한 번도 모습을 드러낸 적이 없었다. 괴도 버드가 훔친 물건의 행방을 아는 이는 세상에 아무도 존재하지 않았다.

흔히 괴도라 하면 훔친 물건을 원래 주인에게 돌려주는 낭만적인 인물을 떠올리곤 하지만, 괴도 버드의 경우는 달랐다. 그녀가 훔친 물건은 애초에 원래 주인이라 부를 만한 사람조차 애매한 경우가 많았고, 그녀의 손에 들어간 물건들은 세상에서 자취를 감춰버린 것이었다.

괴도 버드의 인상착의는 막 소녀 티를 벗은 20대 초반의 아가씨로 보였다. 금빛인지 은빛인지 모를 빛나는 머릿결이 얼굴을 가릴 만큼 흩날리고 있어 제대로 보기 힘들었지만, 백옥처럼 고운 피부만은 숨길 수 없었다.

그리고 그녀는 하늘하늘하면서 짧은 치마의 세련된 생활한복을 입고 있었으며, 그녀의 늘씬하고 아름다운 몸매는 그 한복조차 온전히 감추지 못했다.

이러한 괴도 버드가 지붕을 타고 넘는 모습을 보고 있노라면, 마치 한 마리 새가 하늘을 날아다니는 것처럼 보이기도 했다. 또한 그녀는 종종 예고장을 보내왔는데, 그 예고장은 언제나 널따란 버드나무 잎에 적혀 있었다. 예고장을 물에 띄우는 예도 있었는데, 그럴 때면 마치 태조 이성계나 태조 왕건의 설화를 떠올리게 했다. 그래서 사람들은 그녀를 '괴도 버드'라 부르게 되었다.

이와 같은 괴도 버드의 정황을 밝힌 사람은, 지난 9년간 괴도 버드를 추적해 온 전직 경찰이었던 경미였다.

경미는 1970년대, 여성으로서는 드물게 베트남전에 참전한 군인 출신이었다. 전역 후에는 경찰로 전직하여 살인자, 조직 폭력배, 정체를 알 수 없는 암흑가의 인물들, 그리고 국가 안보를 위협하던 정치적 사안의 피의자들까지 - 수많은 강력 사건을 도맡아 해결하며 전설처럼 이름을 남겼다.

그 시절은 소란스러운 때였다. 하지만 경미는 늘 국가의 이름으로, 묵묵히 제 일을 해왔다. 그녀는 그렇게 공적이 차곡차곡 쌓이는 속도만큼이나 빠르게 승진했고, 군경에서 평생을 바친 끝에 총경으로 정년 퇴임했다.

정든 무기를 내려놓고 난 뒤엔, 작은 정원 가꾸기와 책 읽기를 즐기며 조용한 은퇴 후 생활을 보낼 작정이었다. 현장에 다시 나설 일은 없을 거라 믿었다.

하지만 괴도 버드가 나타났다.

이상한 그 도둑은 밤마다 지문 하나 없이 물건을 훔쳐내고, 남기고 간 흔적들은 묘하게도 경미의 오래된 기억을 건드렸다. 처음엔 단순한 호기심이었다. 그런데….

어쩐지 낯설지가 않았다. 괴도 버드의 모습과 흔적에서, 경미가 알고 있던 사람과 비슷한 감촉이 스쳐 지나갔다. 그 도둑의 행동에는 마치 과거로부터 온 질문이 숨어 있는 것만 같았다.

처음엔 웃으며 기사를 넘기던 경미는, 어느새 신문 귀퉁이를 오려내어 책상 서랍에 넣어두고 있었다. 그러면서, 어느덧, 자연스레 괴도 버드를 향해 움직이고 있는 자신을 발견했다. 그러던 중 마침, 정부로부터 괴도 버드 전담 경찰로 복귀해 달라는 제안을 받게 되었다.

은퇴한 총경 경미는 그렇게 다시 국가의 부름으로 괴도 버드 수사팀 경찰로 복귀했다. 다시 차려입은 평복은 낡은 듯 단단했고, 그 눈빛엔 40년 전부터 미처 정리하지 못한 어떤 과거의 그림자가 어른거리는 것만 같았다.

경미는 지난 9년 동안 괴도 버드를 잡기 위해 온 힘을 기울였다. 젊은 여성 체조 선수를 수사망에 올리기도 하고, 괴도 버드의 인상착의를 토대로 수십, 수백만 대한민국의 젊은 여성을 이 잡듯 뒤지기도 했다.

하지만 프라이버시 문제도 있고, 괴도 버드가 훔친 물건들의 값어치가 엄청난 수준은 아니었기에 경찰청에서 괴도 버드를 검거하는 데 적극적으로 지원하지 않았다. 또한 세계적으로 유명해진 괴도 버드의 활동은 오히려 경제 효과를 불러일으키고 있어 억지로 잡지 않는다는 말도 나오고 있었다. 은퇴한 경찰에게 사건을 맡긴 것만 봐도 알 수 있었고, 지원해 주는 경찰 인원은 소수였을뿐더러 개중에서도 신입 경찰들이 대부분이었다. 경미는 자신을 불렀으면서 적극적인 지원을 해주지 않는 정부가 원망스럽기도 했다. 그렇게 더 이상 다른 방법으론 수사를 깊게 진척시키긴 어려웠다.

그래서 경미는 괴도 버드를 현장에서 검거하는 것이 가장 확실한 방법이라 여기고 몇 안 되는 신입 경찰들과 함께 현장 검거를 목표로 삼게 되었다.

그렇게 이번에도 경미는 괴도 버드로부터 버들잎 예고장을 받았다. 예고장에는 길일을 택해 광주국립박물관에 있는 그림 작품들 중 하나를 가져가겠다고 쓰여 있었다.

경미는 난감했다. 광주국립박물관에는 무수히 많은 그림이 있는데 그중 어느 것을 가져갈지 알고 지킨다는 말인가. 길일이라 하면 또 언제 온다는 말인가.

그래서 일단 경미는 예고장을 받은 시점부터 동원할 수 있는 경찰력을 최대한 동원했다. 박물관 밖에는 카메라를 장착한 드론을 띄워, 괴도 버드의 침입 경로를 확인할 수 있도록 했고, 박물관 내부 전시실에는 3인 1조로 경찰을 배치했다. 3인 1조로 배치한 이유는 변장의 귀재인 괴도 버드가 동료와 함께 경찰로 변장하여 팀을 꾸리더라도 나머지 진짜 경찰 한 명이 감시할 수 있도록 하기 위해서였다. 경미는 틈틈이 경찰들 서로 볼을 꼬집으며 변장을 확인할 수 있도록 지시했다. 그리고 경미 본인은 박물관에 있는 전시실을 돌아다니며 점검하여 괴도 버드가 나타날 때를 기다렸다.

하지만 괴도 버드는 화창한 날씨가 며칠이 지났음에도 나타나지 않았다. 괴도 버드가 예고장에 정확한 날짜도 공지해 주지 않았기 때문에 평소에 괴도 버드를 연호하는 관중들도 모이지 않았다.

경찰들과 경미는 오늘도 하염없이 광주국립박물관에서 괴도 버드를 기다리고 있었다. 그런데 오늘만큼은 어딘가 낯선 기운이 느껴졌다. 밝은 달빛은 잿빛 구름에 가려 희미했고, 박물관의 고요한 벽면 위로는 설명할 수 없는 스산한 기운이 서서히 내려앉는 것 같았다.

경미는 며칠째 반복되던 순찰을 마친 참이었다. 고요한 전시실을 지나, 바깥 지휘 본부로 발걸음을 옮기려던 찰나- 손에 든 스마트폰 화면이 그녀의 시선을 붙들었다.

드론에 장착된 카메라에서 전송된 실시간 영상. 그 화면 속, 박물관 지붕 어귀에 언뜻 사람의 형체처럼 보이는 그림자가 스쳤다.

경미의 심장이 미세하게 떨렸다. 경미는 숨을 가다듬고, 허리춤의 권총과 무전기를 매만졌다. 그러고는 조심스레 밖으로 발걸음을 옮겼다.

밖으로 나가자, 가을바람의 한기가 경미의 몸을 감싸안았다. 경미는 드론의 영상에서 본 지붕을 바라보았다. 하늘에서는 구름에 가려져 있던 달빛이 드러나며, 작은 별빛 같아 보이는 드론과 함께 지붕을 비췄다. 땅에서는 박물관 광장의 커다란 조명들이 한데 모아져 박물관 전체를 비췄다.

그러면서 어둠 속에서 별이 솟아오른 듯, 밤의 장막을 가르며 괴도 버드가 모습을 드러냈다. 괴도 버드의 등장은 미묘하게 아름다우면서도 강렬했다. 경미는 오랜 친구를 만난 것 같은 기분이었다.

괴도 버드는 마치 이 세상의 법칙을 초월한 존재처럼, 위태롭게 서 있었다. 그녀의 몸은 아슬아슬한 미세한 떨림 속에서도 한 치의 흐트러짐 없이 곧게 버티고 있었다. 시간마저 잠시 숨을 멈춘 듯, 고요하고 긴장된 정적이 흘렀다. 달빛을 받아 은은하게 빛나는 그녀의 머리칼은 금발인지 은발인지 오묘한 빛을 띠었고, 신비로운 분위기를 자아냈다. 깊고도 짙은 검은색 눈동자는 세공된 보석처럼 반짝이며, 밤의 어둠을 뚫고 상대를 꿰뚫어 보는 듯한 위압감을 풍겼다.

그 순간, 그녀를 바라보던 경미는 문득 설명할 수 없는 이질적인 감각에 사로잡혔다. 오싹한 전율과 함께 피부를 타고 흐르는 냉기가, 단순한 긴장감 이상의 무언가를 속삭이는 듯했다. 마치 현실과 비현실의 경계가 일순간 어긋난 느낌이었다.

그리고 그녀의 내면에는 세상에 대한 신뢰와 불신이 교차하는 듯했고, 그녀는 누구도 알 수 없는 비밀을 풀어낼 열쇠를 간직한 듯했다.

괴도 버드의 옷차림은 예술과 실용을 절묘하게 결합한 조형물 같았다. 검은 실크 소재의 한복에는 은빛 자수가 섬세하게 새겨져 있었고, 그것은 그녀의 움직임에 따라 달빛을 받아 아름다운 곡선을 그렸다. 그녀는 마치 밤의 여왕처럼 고혹적인 아름다움을 몸에 두른 채, 숨조차 조용히 내쉬었다. 그때마다 주변 공기는 차갑고 날카롭게 변했고, 그녀를 중심으로 무언가 중대한 사건이 곧 일어날 것 같은 팽팽한 긴장감이 서려 들었다.

그리고 바로 그 순간-
"3전시실! 그림들이 전부 사라졌습니다!"

"5전시실! 액자만 남았고, 안의 그림이 모두 없어졌습니다!"

"4전시실, 마찬가지입니다. 그림만 사라지고 액자만 그대로 있습니다!"

"2전시실, 확인 중입니다…. 앗! 여기도 그림이 모두 도난당했습니다!"

"1전시실…!"

무전기 너머의 보고들이 잇달아 이어지자, 경미의 긴장감은 순식간에 극에 달했다. 그와 동시에 옥상에 자욱한 연막이 피어오르기 시작했다. 연막은 괴도 버드를 부드럽게 감싸안으며, 그녀를 더욱 환상적인 존재로 보이게 만들었다. 마치 현실이 아닌 꿈속에서 걸어 나온 인물처럼, 그녀의 실루엣은 현실과 환상의 경계를 뒤섞으며 시선을 빼앗았다.

박물관 광장의 조명들은 본래 괴도 버드를 하나의 무대 위 인물처럼 선명히 비추고 있었지만, 연막에 가려서인지 점점 빛을 잃었다. 흩어지는 조명은 더 이상 그녀를 정확히 포착하지 못하고 방황했고, 그 순간 괴도 버드는 시야에서 사라졌다. 때마침, 달빛마저 구름에 가려지며 밤하늘은 어둠으로 덮였고, 경미는 괴도 버드가 어디로 향했는지 정확히 파악할 수 없었다.

그러나 경미는 흔들리지 않았다. 그녀는 경험 많은 베테랑 경찰이었고, 상황 판단은 누구보다 빨랐다. 직감적으로 괴도 버드가 도주했을 방향을 떠올렸고, 박물관의 구조상 도망칠 수 있는 유일한 공간은 뒤편 산이었다. 나머지 방향은 탁 트여 있었기에, 시선을 피할 곳이 없었다.

경미는 곧장 산기슭으로 향했다. 도착하자마자, 그녀는 예감대로 괴도 버드의 것으로 보이는 발자국을 발견했다. 그 발자국은 조심스럽고도 경쾌하게 산속으로 이어져 있었고, 경미는 그것이 그녀의 것임을 직감했다. 수풀 너머로는 바스락거리는 소리가 들렸다.

경미는 산속으로 이어진 발자국을 향해 움직이려던 찰나, 문득 섬광처럼 스쳐 지나가는 생각 하나에 걸음을 멈췄다. 뭔가 이상했다. 그녀는 누구보다도 괴도 버드에 대해 잘 알고 있었다. 괴도 버드는 단순한 도둑이 아니었다. 그녀는 모든 전술의 기본인 위장과 유인을 능숙하게 구사하는 전략가였다.

경미는 자신이 마지막으로 전시실을 확인한 순간부터 괴도 버드의 등장을 목격하기까지의 시간을 되짚었다. 불과 몇 분, 아니 몇십 초에 불과했다. 그런데 그 짧은 시간 동안, 전시실 수 곳의 그림이 모두 사라졌다. 액자만 덩그러니 남겨진 그 상황은, 말이 되지 않았다.

경미는 즉시 생각을 정리했다. 괴도 버드는 빠른 시간 안에 어떤 속임수를 써서 전시실 그림이 사라진 것처럼 위장하여 혼란을 준 뒤, 일부러 박물관 지붕에 나타나 눈에 띄는 위치에 서서 모두의 시선을 끈다. 그 뒤, 연막을 피워 시야를 흐리게 하고, 동시에 산 쪽으로 도망가는 '가짜 괴도 버드'인 동료를 내세워 모두를 유인한다. 그 사이, 진짜 괴도 버드는 아무도 없는 전시실에서 여유롭게 목표한 그림을 훔친다.

경미는 입가에 엷은 미소를 지으며 무전기를 집어 들었다.

"지금 괴도 버드가 산속으로 달아났다. 전원, 발자국을 추적해 산 위를 포위하고 괴도 버드를 추격하라. 전시실 상황은 내가 직접 확인하겠다."

그녀는 신입 경찰들에게는 괴도 버드의 동료를 맡기고, 자신은 진짜 괴도 버드를 붙잡을 생각이었다. 경미는 괜스레 마음이 부풀었다.

"라저 댓!"

"입감!"

무전기 너머에서는 신참 경찰들의 군기가 바짝 든 대답이 연이어 들려왔다.

**

경미는 경찰들과 빠르게 바통 터치하고 박물관 안으로 들어갔다. 쥐새끼 한 마리 보이지 않는 박물관 내부는 정적에 잠겨 있었다. 어둠과 고요가 서로 얽히며, 그 공간을 고스란히 장악하고 있었다. 바깥의 서늘한 밤공기는 내부까지 스며들었고, 창문 틈 사이로 파고든 희미한 달빛은 박물관의 긴 복도를 조용히 어루만지고 있었다.

경미는 복도를 따라 전시실로 들어갔다. 전시실 안은 외부보다 더 짙고 묵직한 어둠이 내려앉아 있었다. 달빛조차 닿지 않는 곳. 그녀는 어둠 속에서 시야를 확보하려는 듯, 눈을 잠시 깊이 감았다가 조용히 떴다. 익숙한 감각이었다. 그렇게 몇 초가 흐르자, 눈은 점차 어둠에 적응해 가기 시작했고, 어스름한 공간의 형체들이 하나둘씩 시야에 들어오기 시작했다.

그제야 경미는 전시실 안에 남겨진 액자들이 어렴풋이 보였다. 그러나, 경찰관들의 무전이 사실임을 확인하듯, 액자들 안에는 그림이 걸려 있지 않았다. 빈 액자들. 그 안에는 오직 그림을 지탱하는 나무색 뒷면- 속된 말로 판넬이라 불리는, 그 투박한 판자, 즉 패널만이 덩그러니 남아 있을 뿐이었다.

경미는 천천히, 아주 천천히 그 액자들을 살펴보기 시작했다. 허공에 걸린 허울만 남은 액자들이 주는 인상은 기묘하게 낯설었다. 그 순간, 경미는 설명할 수 없는 '위화감'을 감지했다. 무언가가 이상했다. 뭔가가 너무…. 인위적이었다.

그 감각을 따라가듯, 경미는 수많은 액자 중 하나 앞으로 다가갔다. 그녀는 액자 앞에 멈춰 서서 천천히 액자 틀에 손을 얹었다. 평생을 거친 삶을 살아온 사람의 손이라기엔 믿기 어려울 정도로, 그녀의 손은 흰빛이 감돌며 고왔다. 그 손은 액자 틀을 부드럽게 따라 움직이다가, 이내 액자의 중심부- 그림 대신 덩그러니 자리한 패널 부분으로 옮겨졌다.

그 순간, 경미는 눈이 살짝 커지며 무언가를 포착한 듯했다. 한 걸음 더 가까이 다가가며, 그녀는 눈을 액자 가까이 붙였.

"이것 봐라…."

혼잣말처럼 나직이 중얼거리며, 그녀의 손은 패널 위를 민감하게 짚어나갔다. 그 손끝은 이내 액자 틀과 패널이 맞닿는 가장자리로 향했고, 마치 감춰진 무언가를 벗겨내려는 듯한 섬세한 동작이 이어졌다.

보통 액자 패널이라면 이렇게 앞에서 제거되지 않는다. 뒤쪽에서 액자를 열어야만 분리할 수 있는 구조이기 때문이다. 하지만 지금, 그 패널은 너무나 가볍게, 마치 종이처럼 벗겨졌다. 아니, 그것은 진짜 패널이 아니었다. 패널 문양을 인쇄한 얇은 종이였다.

경미의 손놀림에 종이가 조용히 들어 올려지자, 그 아래 감춰져 있던 그림이 드러났다. 1800년대, 천주교가 조선 땅에 들어오면서 함께 전해졌던 성모마리아의 고풍스러운 그림. 바로 그것이 그 아래 숨어 있었다. 그림은 전혀 사라지지 않았고, 단지 위에 한 장의 위장용 종이로 덧씌워져 있었을 뿐이었다.

"그래, 바로 이거였어."

경미는 조용히 웃으며, 벗겨낸 종이를 천천히 구겨 쥐었다.

그녀의 손안에서, 패널 문양을 흉내 낸 종이 한 장이 바스락거리며 뭉쳐지고 있었다.

**

경찰들은 달빛을 동무 삼아 산속을 오르고 있었다. 그들의 발걸음은 괴도 버드의 것으로 추정되는 발자국을 따라가며, 점점 산 위로 향하고 있었다. 달빛이 닿지 못하는 음지에서는, 각자의 손에 들려 있는 손전등 불빛이 그 어둠을 대신 밝혀주고 있었다. 그 불빛은 산길 위 낙엽을 훑듯 지나가며, 행여 놓칠 수도 있는 흔적 하나하나를 집요하게 비췄다.

열댓 명의 경찰들은 처음엔 넓게 흩어져 움직였다. 그러나 산에 올라갈수록 자연스럽게 간격이 좁아졌고, 그들의 포위망은 점차 촘촘하게 조여졌다. 그로 인해 서로의 거리는 가까워졌고, 이제는 각자의 거친 숨소리까지 들릴 만큼 가까이 붙게 되었다. 그 숨소리들은 하나의 숨결처럼, 밤의 적막 속을 파고드는 고요한 선율과 묘하게 어우러졌다. 숨결과 낙엽 밟는 소리, 미묘하게 흔들리는 나뭇가지 소리까지— 모든 것이 이 밤을 하나의 긴장된 교향곡으로 바꾸고 있었다.

그렇게 얼마쯤 올랐을까. 경찰관들은 숲속, 나무들 사이에서 은은하게 나오는 빛을 발견했다. 희미하고도 인위적인 그 불빛은 어둠 속에서 더욱 도드라졌고, 경찰들은 직감적으로 그 방향을 주시했다.

말 한마디 없이, 그들은 서로의 얼굴을 바라보며 눈빛을 주고받았다. 고개가 가볍게 끄덕여졌고, 마치 사전에 약속이라도 되어 있었던 것처럼, 누구랄 것도 없이 일제히 그 빛이 나는 쪽으로 조심스레 움직이기 시작했다.

몸을 낮추고 나무와 바위를 엄폐물 삼아 다가가는 그들의 움직임은 최근에 훈련받은 자들의 모습이었다. 하지만 아무리 조심하더라도, 흙바닥 위 낙엽을 밟는 소리는 어쩔 수 없었다. 발이 땅에 닿을 때마다, 바스락거리는 소리가 작게, 그러나 분명히 숲의 정적을 갈랐다. 그 사소한 소음마저도 그들에겐 경고음처럼 들렸다.

빛이 나는 곳이 점점 가까워졌고, 경찰관들과 그 사이에는 이제 나무 한 그루만이 남아 있었다. 그들은 그 나무들을 엄폐물 삼아 몸을 숨긴 채, 고개만 조심스럽게 내밀어 그 너머를 살폈다.

그곳에는 오두막이 있었다. 나무로 지어진, 세월의 흔적이 고스란히 배어 있는 오두막이었다. 불빛은 그 오두막 안에서 새어 나오고 있었고, 괴도 버드의 발자국은 오두막 입구를 향해 똑바로 이어져 있었다. 외벽에는 이끼가 피어오르고, 덩굴 식물이 창틀과 처마를 감싸며 마치 오두막 자체가 숲과 하나가 되기를 바라는 듯 자라나 있었다.

창문은 불투명한 유리로 덮여 있어, 안을 들여다볼 수는 없었다. 하지만 경찰관들 모두, 그 안에 뭔가가 있다는 것을 직감적으로 느꼈다. 무언가 인기척이 있었고, 어쩌면 그 안에서 희미하게 들려오는 끙끙거리는 소리도 있었다. 오두막 자체가 작게, 그러나 분명히 들썩이는 것 같았다.

경찰관들은 다시 한번, 말없이 눈빛을 주고받았다. 서로의 결의가 닿은 듯, 고개를 다시 끄덕였고, 각자는 자신의 허리춤에서 권총을 꺼내 들었다. 그들의 표정은 단단했고, 숨소리조차 조심스러웠다.

그때, 나이가 가장 많아 보이는 한 경찰관이(그래봐야 20대 후반으로 보였다.) 손으로 조용히 수신호를 보냈고, 그 신호를 받은 제일 덩치 큰 경찰관이(그래봐야 보통 체격에서 운동 좀 한 느낌이었다.) 주저 없이 오두막의 문을 향해 발을 내질렀다.

"쾅!"

문은 맥없이 부서지며 안쪽으로 넘어갔다. 순간, 경찰관들은 일제히 문을 넘어 오두막 안으로 진입하며 외쳤다.

"꼼짝 마!"

"움직이면…!"

그러나 그들이 확인한 오두막 안의 상황은, 그 모든 외침을 허공으로 흩어지게 만들었다.

작은 의자에 한 사람이 앉아 있었다. 잠옷 차림이었고, 손발은 의자에 단단히 묶여 있었으며, 입에는 입마개가 채워진 채 신음을 흘리고 있었다.

이 사람은 눈을 부릅뜨고, 몸을 뒤틀며, 오로지 눈빛으로만 경찰들에게 빨리 풀어달라는 듯 호소하고 있었다.

이 사람은 이 자리에 있는 누구에게나 매우 익숙한 사람이었다. 경찰관들은 어안이 벙벙한 상태로 서로를 바라보았다.

**

경미는 성모마리아의 그림을 본 순간, 해야 할 일을 잊은 듯 그 자리에 멈춰 섰다. 그림 앞에서 그녀는 마치 시간의 흐름에서 잠시 비켜선 사람처럼 넋을 놓고 그림을 바라보았다.

그림 속 성모마리아는 너무도 성스러웠다. 부드럽게 번지는 미소, 어머니처럼 포근한 눈빛, 그리고 그 고요한 품속에선 인간의 모든 고통을 감싸안을 것 같은 자애로운 기운이 번져 나왔다. 머리 위로는 천상의 빛이 내려와 그녀의 몸을 감싸안고 있었고, 그림 전체에선 은은한 경건함이 스며들고 있었다. 누가 보아도

거룩한 작품이었다. 순결하고, 평온하며, 아무런 악의도 없는 신성한 이미지였다.

이 그림 속에서 그녀는 과거, 무심코, 크리스마스이브에 만났던 누군가가 떠올랐다. 작은 보육원의 벽돌 담장 앞에서 햇살처럼 웃고 있던 한 여자. 그 여자는 성모마리아처럼 따뜻한 사람이었다. 어떤 대가도 없이 아이에게 다정함을 건네던 여자. 아마 지금 그녀는 병원 어딘가에서 의사로서, 하얀 가운 속, 여전히 따뜻한 마음으로 환자들을 대하고 있을 것이었다.

그런 생각에 빠져든 채, 경미는 홀린 듯 액자 틀을 양손으로 잡아 액자를 내리려는 움직임을 보였다. 그러면서 액자가 기울어졌다. 그러자 성스러워 보였던 성모마리아의 그림이 일그러져 보이는 것 같았다. 온화해 보였던 성모마리아의 미소에서 어딘가 다른 감정, 세속의 욕망이 느껴지는 순간이었다.

그 순간, 경미는 정신을 차린 듯 손을 멈췄다.

"아, 참…. 내가 정신이….'

그녀는 혼잣말하며, 액자 틀을 잡았던 손을 천천히 놓았다. 그리고 손을 툭툭 털고 나서, 가느다란 손가락을 조용히 자신의 턱 쪽으로 가져갔다. 그러고는 방독면을 벗기듯, 익숙한 동작으로 얼굴을 위로 젖혔다.

그 순간- 경미의 얼굴이 벗겨졌다. 가면이었다.

그 안에서 드러난 것은 전혀 다른 얼굴. 괴도 버드였다.

그녀의 반반하고 곱상한 얼굴이 빛을 머금은 듯 은은히 드러났다. 금발인지 은발인지 모를 머리칼은 별빛을 머금은 듯 반짝이며 신비롭게 흩날렸고, 깊고 맑은 검은색 눈동자에는 장난기와 날카로운 관찰력이 동시에 서려 있었다. 얇게 그어진 입술은 부드러운 곡선을 그리며 미소를 머금고 있었고, 그 미소에는 단지 외모 이상의 매혹이 깃들어 있었다.

"가면은 벗고 가져가야지. 이 얼굴로 액자 들고 나가다가 들키면…. 우리 왕경미 총경님이 도둑으로 몰릴 수도 있잖아?"

괴도 버드는 낭랑한 목소리로 혼잣말하듯 중얼거렸다.

그러고는 다시 액자를 조심스럽게 품에 안았다. 그리고 전시실을 향해 고개를 숙였다.

"그럼, 안녕히 계세요. 오늘도 수고하셨습니다~"

그녀는 장난기 어린 인사를 남기며, 그 특유의 유연한 몸놀림으로 열린 창문 쪽으로 성큼 다가갔다.

그다음 순간, 그녀는 박물관의 외벽을 타고 훌쩍 뛰어올랐다. 마치 새처럼, 아무런 소리도 남기지 않고.

그리고 어느새 괴도 버드는 박물관 지붕 위에 서 있었다. 지붕 위에서 내려다본 광주국립박물관 전경은 고요했고, 도심의 밤은 정적 속에 잠겨 있었다.

평소 같았으면, 광장은 괴도 버드를 연호하는 인파로 가득 찼을 것이고, 경찰들과 숨 막히는 추격전으로 거리는 아수라장이 되었을 터였다.

하지만 오늘은 달랐다. 모든 것이 너무 조용했고, 너무 완벽했다.

"내가 너무 준비를 빡세게 했나? 쪼~끔 심심하긴 하네."

괴도 버드는 어깨를 으쓱하며, 살짝 아쉬운 표정을 지었다. 그러고는 품에 안긴 액자를 내려다보며 말했다.
"그나저나…. 이런 문화재를 훔치는 건 처음이네."
 말끝에는 묘한 기운이 묻어 있었다. 그녀는 잠시 미소 지었다가, 다시 고개를 들어 박물관 너머 산을 바라보며 말을 이었다.
"그리고 우리 경찰관분들, 왕경미 총경님은 잘 찾았겠지? 내가 잘 찾으라고 발자국을 오두막까지 꼭꼭 눌러 찍어뒀는데. 그분, 연세 있으신데 오래 묶여 있으면 안 좋을 텐데 말이야."
 그녀는 혼잣말을 남기며, 가벼운 발소리 하나 남기지 않고 박물관의 지붕 가장자리로 다가갔다.
 그러고는 폴짝- 그녀의 몸은 유려한 곡선을 그리며 지붕에서 날아올랐다. 그 움직임은 춤과도 같았고, 공기마저 그녀의 궤적을 따라 유려하게 휘돌았다.
 괴도 버드의 나풀거리는 옷자락이 바람에 휘날렸고, 그녀는 마치 그림자처럼 건물과 건물 사이를 미끄러지듯 지나갔다. 광주의 좁은 골목, 어둠이 내려앉은 도심의 틈새를 따라 그녀의 모습은 조용히, 그러나 단호하게 사라져 갔다.
 마치 처음부터 존재하지 않았던 것처럼.
 하지만 괴도 버드가 향한 방향으로 보이는 고요한 광장의 분수대가 그녀의 향기를 머금고 있는 것 같았다.

10월 24일, 1979년

　창밖에서 부드럽게 흘러들어오는 달빛이 따뜻한 은빛으로 방 안을 물들이고 있었다. 그 달빛 아래, 희미하게 어른거리는 촛불이 작은 방 안의 공기를 가만히 흔들고 있었다. 고요한 공간 속, 수녀복을 입은 나리는 조심스럽게 차를 준비 중이었다. 그녀의 손에는 천주교 고딕 양식의 문양이 새겨진 주전자가 들려 있었고, 막 끓인 물에서 피어오르는 김이 아지랑이처럼 퍼져나가고 있었다.
　"아이들은?"
　나리 맞은편에 앉아 있던 쉬리가 조용히 입을 열었다. 조금 떨려 보이는 그의 목소리가 공간에 가만히 스며들었다.
　"자고 있어."

나리는 조용히 미소 지으며, 쉬리를 바라보았다.

"시간이 11시 30분이잖아."

나리는 작은 찻잔에 물을 따르며 말했다. 김이 희미하게 피어오르는 찻잔에서 은은한 향기가 감돌았다.

"시간이 벌써…. 오늘도 아이들 돌보느라 고생했겠네."

쉬리는 자신의 팔에 찬 손목시계를 확인하며 조금 어색하게 말했다. 시계는 반짝였지만, 그보다 눈에 들어오는 건 건강하고 단단해 보이는 쉬리의 팔 위에 선명하게 드러난 굵은 핏줄이었다.

"뭐, 늘 하던 일이니까."

나리는 조금 더 밝은 웃음을 지으며 말했다. 그러고는 김이 모락모락 나는 찻잔을 쉬리에게 내밀었다.

"마셔봐. 커피믹스야. 달달하고 맛있어."

그녀가 몸을 기울일 때마다, 수녀복 너머에서 어딘가 성스러운 향기가 나는 것만 같았다.

쉬리는 나리가 내어준 찻잔에 담긴 커피믹스를 한 모금 홀짝했다. 달콤한 기분이 온몸을 감싸안았다. 몸속에서 무언가가 천천히 녹아내리듯, 조금 전까지 안고 있던 고민에 대한 고단함이 사라지는 것 같았다.

쉬리는 마주 앉은 나리를 바라보았다. 그녀는 여전히 미소를 머금은 얼굴로 그를 보고 있었다.

쉬리는 알았다. 이 포근하고 황홀한 느낌이 단순히 커피믹스 때문만은 아니라는 것을. 그 따뜻함은, 그녀- 나리라는 사람 자체에서 비롯된 것이었다.

"아마 앞으로 이 커피믹스는 온 국민이 즐기게 될 거야."

나리는 자신의 찻잔에 담긴 커피믹스를 지그시 바라보며 말했다. 쉬리는 그런 나리를 멍하니 보았다. 커피 때문인지 뭣 때문인지 괜스레 얼굴이 붉어지는 것 같았다.

나리는 그런 쉬리의 얼굴을 보고 슬며시 웃었다. 그러고는 그의 옆으로 자리를 옮겨 앉았다. 수녀복의 치맛자락이 쉬리의 허벅지를 스치며 지나갔고, 쉬리는 그 미묘한 접촉에 살짝 움찔했다.

나리는 이제 손을 뻗어 쉬리의 허리춤을 만졌다. 가볍게, 익숙한 듯, 그러나 오랜만인 듯. 쉬리는 다시 한번 움찔했다.

"여전히 이걸 차고 다니는구나."

나리의 목소리에는 장난기 섞인 따뜻함이 있었다. 나리는 쉬리의 허리춤에 있는 수류탄 고리에 손가락을 걸었다.

"나 만나러 오는 건데도, 여전히 이런 걸 가지고 오는 거야?"

나리는 쉬리의 허리춤에 있는 수류탄과 권총을 더듬으며 말했다. 권총 방아쇠가 당겨질 듯, 수류탄 고리가 빠질 듯 말 듯 위태로웠다.

"습관이야. 무슨 일이 생길지 모르니…. 불안해서…."

쉬리는 나리의 손가락 움직임을 살피며 조금 긴장한 상태로 말했다. 나리는 피식하며 웃어 보였다.

"이 총, 예쁘다. 이름이 뭐야?"

나리는 쉬리의 허리춤에 있는 권총을 간질이듯 쓰다듬으며 물었다.

"스미스 앤 웨슨 M36 리볼버."

"어려운 이름이네."

나리는 권총을 살짝 때리듯이 가녀린 손바닥으로 툭 치고는 쉬리의 허리춤에서 손을 뗐다. 쉬리는 마음속으로 안도의 한숨을 내쉬었다.

"그래서, 우리 나랏일로 바쁘신 분께서 무슨 일로 오신 거야? 중앙정보부에서도 비밀 요원인 우리 박.쉬.리.씨?"

나리는 가늘게 눈을 뜨며 말했다.

"…사실은…."

쉬리는 말끝을 흐렸다. 그렇게 쉬리는 잠시 침묵했다. 나리는 조용히 기다렸다. 쉬리는 손끝으로 찻잔의 곡선을 천천히 쓸었다. 마치 오래전 기억을 더듬는 것처럼. 그러고 나서 크게 숨을 들이켜더니 지난 일들에 대해 나리에게 말했.

김 부장이 독재를 무너뜨리기 위해 대통령을 시해하려는 계획을 하고 있다고. 하지만 자신은 지금 어떻게 행동하는 게 맞는 건지 모르겠다는 것이었다.

"…."

쉬리의 얘기를 다 들은 나리는 표정이 차분하게 바뀌었고, 생각에 잠긴 듯한 눈빛이 방 안을 스쳤다. 그렇게 한참을 있던 나리는 부드러운 목소리로 입을 열었다.

"나도 잘 모르겠네."

그러고는 약간의 미소를 보였다. 쉬리는 그 미소를 바라보며 말없이 있었다. 그가 기다리듯 조용히 숨을 고르자, 나리는 마치 준비된 말인 듯 다시 입을 열었다.

"우리 하느님께 여쭤보면 어떨까? 주님의 뜻이 무엇인지."

나리는 두 손을 모으며 조용히 말했다. 쉬리는 역시 수녀다운 대답이라고 생각하며 고개를 끄덕였다.

"어떻게? 같이 기도할까?"

쉬리는 차분하게 말했지만, 왠지 모르게 얼른 신의 답을 구하고 싶은 조급함이 느껴지는 것 같기도 했다. 그런 쉬리를 보는 나리의 표정에서는 희미한 미소가 스쳐 지나갔다.

"음…. 아니."

나리는 천천히 고개를 저으며 말했다.

"정성 들여서 하느님께 편지를 써보는 게 어때?"

나리는 차분하게 말했다. 마치 오래전부터 준비된 대답처럼, 나리의 입에서 담담하게 흘러나왔다. 쉬리는 잠시 벙쪘다. 신에게 편지라니. 쉬리는 생각지도 못한 나리의 말에 고개를 갸웃했다.

"뭐, 하느님한테 편지를 쓴다고? 편지를 어떻게 쓰는 건데?"

쉬리는 자신이 제대로 들은 게 맞는지, 아니면 나리가 말한 편지가 은유적인 표현인 건지 확인하려는 듯 물었다.

"응. 말 그대로 편지. 쉬리 글씨 예쁘게 잘 쓰잖아. 마음을 다해 쓴다면 주님께서는 꼭 응답해 주실 거야."

나리는 조용히 웃으며 말했다.

"그…. 그러니까 하느님한테 내가 손 편지를 써서 보낸다는…. 그 말이지?"

쉬리는 농담처럼 보이는 나리의 말을 재차 확인하려는 듯 물었다.

"맞아. 편지지랑 연필은 내가 줄게. 가지고 있는 게 있거든."

나리는 자리에서 일어나며 말했다.

"자…. 잠깐만, 나리야. 내가 편지를 쓴다 쳐. 그러면 그건 어떻게 하느님한테 보내는데?"

쉬리는 당황해하며 나리에게 물었다.

"내가 하느님 말씀 전달자잖아~ 쓴 편지는 나한테 주면 돼."

나리는 옆에 있는 서랍에서 종이와 펜을 꺼내며 말했다. 마치 쉬리가 언젠가는 편지를 쓰게 될 것을 알고 있었다는 듯한 자연스러운 동작이었다.

"나리, 네가? 어떻게 보낼 건데?"

쉬리는 여전히 미심쩍은 표정이었다.

"그건 비밀입니다~"

나리는 장난스럽게 손가락을 들어 찡긋 웃었다. 그리고 편지지와 펜을 그의 앞에 살며시 내밀었다.

"나는 잠시 자리를 비켜줄 테니까. 정성을 다해 써줘. 지성이면 감천이라잖아."

나리는 부드럽게 말하고는 조용히 쉬리의 곁에서 한 걸음 멀어졌다.

쉬리는 당황스러운 얼굴로 앞에 놓인 편지지와 펜, 그리고 맑은 눈동자로 웃고 있는 나리를 번갈아 바라보았다.

쉬리는 생각했다. 솔직히 바보 같은 짓이라고 생각했다. 하지만 지금은 이것저것 따질 계제가 아니었다.

얼마나 절실했으면 신을 믿지 않는 무신론자인 자신이 신을 찾아 친구가 수녀로 있는 성당에 찾아왔겠는가. 쉬리는 밑져야 본전이라 생각하고 앞에 놓인 펜을 들었다.

　그 모습을 바라보는 나리는, 말없이, 그러나 깊은 의미를 머금은 듯한 미소를 지어 보였다.

3장

문방구

10월 24일, 2019년

　로렐은 광주 금남로 한복판에서 골목 안으로 걸음을 옮겼다. 그 끝에는 묘한 분위기의 문방구가 서 있었다. 지은 지 오래되지 않은 듯하면서도, 이상하리만치 낡아 보였다. 창틀의 윤곽은 선명했지만, 벽면은 기억 속 어딘가에서 본 듯한 기시감으로 덮여 있었다. 그곳은 현실과 꿈의 경계에 걸친 장소처럼 느껴졌다.
　창문에서는 희미한 불빛이 나오고 있었는데, 뭔가 다른 세계로 이어지는 문처럼 신비로웠다. 마치 시간의 경계가 흐려지는 곳처럼, 문방구 안에서는 둔탁하고, 바스락거리며, 붉고 푸르스름한 소리들이 울려 퍼지는 것 같았다. 그 모든 소리가 불완전하게 엮여 있어 현실을 넘어서는 느낌이 들었다.
　마당 곳곳에는 쓸어야 할 낙엽들이 바람에 흩날리다 멈춘 듯

쌓여 있었고, 한쪽에는 가지가 길게 늘어진 버드나무 한 그루가 조용히 서 있었다. 그 곁에는 오래된 빨간색 우편함이 불안하게 서 있었는데, 바람이 불면 버드나무의 가지가 살며시 흔들리며 오래된 기억을 더듬는 듯했다. 우편함은 시간 속에 갇힌 것처럼 바래지 않고 여전히 선명한 붉은 빛을 띠었고, 그 안에선 묘하게 몽환적인 기운이 감돌았다. 바람이 불 때마다 우편함의 문이 삐걱거리며 열릴 듯 말 듯 흔들렸고, 그 안에 숨겨진 무언가가 세상을 기다리고 있는 듯한 기분을 주었다.

조금 지쳐 보이는 로렐은 한 품에 액자를 안은 채, 문방구 안으로 들어섰다. 문이 삐걱거리며 열렸고, 그 위에 매달린 커다란 종이 '딸랑-' 하고 맑은 소리를 냈다.

그 종소리는 바깥세상과 연결되는 소리가 아니라 꿈속으로 빠져드는 신호처럼, 로렐의 감각을 이끌었다.

겉보기뿐만이 아니라, 문방구 안에도 보이지 않는 기억과 이야기들이 고요히 쌓여 있는 듯한 기운이 맴돌고 있어, 한 발짝 내디딜 때마다 시간이 흐르는 방향이 달라지는 듯한 기묘한 느낌이 들었다.

로렐이 한 걸음 들어가자 좁고 허름한 공간이 눈앞에 펼쳐졌다. 벽에는 오래돼 보이는 나무 선반들이 기울어진 채 서 있었고, 그 위에는 색이 바랜 공책과 낡은 연필깎이, 그리고 어디선가 흘러온 듯한 빛바랜 장난감들이 어지럽게 놓여 있었다.

하지만 그 사이사이에는 최근 10년 안에 나온 미니카와 로봇 장난감, 레고들이 섞여 있었다. 이 기묘한 시간의 뒤섞임은 이곳이 과거인지 현재인지, 혹은 그 경계 어딘지를 더욱 알 수 없게 만들었다.

천장에서 내리쬐는 전구는 먼지로 반쯤 덮여 있었고, 희미한 노란빛이 공간을 부드럽게 감쌌다. 그 빛은 고요하면서도 흔들렸고, 어디까지가 현실인지 감각이 흐려지는 듯한 착각을 불러일으켰다.

카운터 유리 매대 안에도 눈길을 끄는 작은 문구들이 있었다. 빛바랜 종이 딱지, 누군가 정성껏 접어놓은 종이학, 잉크가 바래고도 여전히 반짝이는 만년필이 가지런한 듯 아닌 듯 놓여 있었다.

그것들은 마치 누군가의 손길을 기다리는 것 같았다. 한때 소중했던 무언가가, 지금도 여전히 그 자리에 머물러 있는 듯한 기분.

벽 한쪽에는 뻐꾸기시계가 걸려 있었는데, 초침이 아주 느리게 움직이고 있었다. 마치 시간의 흐름에서 벗어나, 과거와 미래를 동시에 품고 있는 듯한 기분을 주었다. 작은 바람이라도 스치면, 시간이 흔들릴 것만 같은 느낌이었다.

카운터 뒤쪽에는 작은 나무 의자가 놓여 있었다. 이곳에 앉으면 어린 시절의 기억이 되살아나고, 잊힌 편지들이 다시금 쓰이고, 한 번도 존재하지 않았던 이야기들이 천천히 피어오를 것만 같았다. 이런 몽환적인 분위기에 취할 무렵, 로렐의 귀를 밝히는 목소리가 들렸다.

"오! 로렐라이 왔구나! 얼른 들어오렴!"

카운터 뒤에 있는 내실에서 한 남자가 모습을 드러내며 말했다. 그는 용민이었다.

 나이를 가늠하기 힘든 동안의 얼굴. 탄력 있는 피부와 반짝이는 눈빛, 희끗희끗하지만 빽빽한 머리카락 위로 약간 비뚤어진 빵모자를 눌러쓴 모습이었다.

 그는 멜빵바지를 입고, 그 위에 앞치마를 둘렀고, 손에는 주방 장갑을 낀 채 국자를 들고 있었다.

 뭔가 현실과 어긋난 듯한, 엉뚱하지만 따뜻한 기운이 그에게서 뿜어져 나왔다.

 "마침, 김치찌개 끓이던 중이다. 어서 들어와서 먹으렴,"

 용민은 신나하며 반가운 얼굴로 말했다.

 "아하하…. 아저씨…."

 로렐은 지친 기색을 뒤로하고 어이없다는 표정을 지으며 말했다.

 "이 그림 먼저 보내줘야 하는 거 아니에요? 좀 늦었을 텐데."

 로렐은 액자를 용민 앞으로 내밀며 말했다. 성모마리아 그림이 용민의 눈앞에 나타났다. 용민은 성모마리아 그림을 보자 최면에 걸린 듯 그림을 가만히 응시했다. 마치 다른 세상에라도 가 있는 사람처럼 넋을 놓고 있는 것 같았다. 용민은 눈앞에서 성모마리아의 성스러운 분위기에 압도되었는지, 그저 멍하니 그림 속 마리아의 얼굴을 보고만 있었다. 그러나 이내 곧 용민은 시선을 옮겨 로렐을 보며 밝게 웃어 보였다.

 "괜찮아~ 괜찮아~ 아직 시간 좀 남았어~ 금강산도 식후경인데~ 밥 먹고 든든한 기분으로 보내주는 게 어때?"

 용민은 나이답지 않게 천진해 보이는 미소를 지으며 말했다.

조금 전까지 황홀경에 빠져 있던 사람이라고는 믿기지 않을 만큼의 순간적인 변화였다.

"나 참~ 말이야 못 하면…. 알았어요, 가요, 얼른 먹어요."

로렐은 어쩔 수 없다는 표정으로 고개를 절레절레하며 성모마리아 그림을 카운터에 내려놓으며 말했다.

"그래그래~ 찌개에 로렐라이가 좋아하는 고기 많이 넣었어~"

용민은 제대로 신나하며 내실로 들어갔다. 로렐은 그런 용민을 따라 내실로 들어갔다.

내실 안은 김치찌개의 고소하고 따끈한 냄새로 가득했다. 그 냄새는 이상하게도 마음을 안정시켜 주었고, 현실보다도 더 현실 같은 따스함을 안겨주었다.

그리고 그들 뒤에 남겨진 성모마리아 그림은, 고요한 미소를 띤 채, 마치 모든 걸 이해한다는 듯한 표정으로 그들을 바라보는 것 같았다.

*

"자아~ 우리 도둑질하느라 고생한 로렐라이님께 김치찌개의 영광을~"

용민은 엉거주춤한 자세로 테이블 한가운데에 김이 모락모락 피어오르는 김치찌개를 조심스럽게 내려놓으며 말했다. 마치 고대 유물을 다루는 듯한, 미세하고 예민한 손놀림이었다.

"뭐야…. 나만 고생한 거 아니잖아요."

로렐은 용민을 이상한 사람 쳐다보듯이 보며 말했다. 하지만 그 말투에는 살짝 웃음기가 묻어 있었다.

"하하…. 나도 이번엔 뭐 좀 하긴 했지."

용민은 주방 장갑을 낀 손으로 머리를 긁적이며 말했다.

"덕분에 계획대로 잘됐어요. 구름에 가려진 달빛이 드러나면서 박물관 옥상을 비출 때, 타이밍 맞춰서 박물관 광장에 있는 큰 조명에서 옥상으로 제 모습이 담긴 홀로그램을 쐈잖아요. 그리고 연막탄 뿌리면서 동시에 홀로그램이 나오는 조명을 잘 꺼 주기도 했고요."

로렐은 퉁명스럽게 말하는 것 같으면서도, 입가엔 살짝 미소를 띠고 있었다.

"오…. 로렐라이가 이렇게 칭찬해 주니 영광인걸? 난 그저 손가락만 까딱까딱했는걸~"

용민은 자신만만한 표정과 자세로, 손가락으로 조이스틱을 움직이는 듯한 모션을 취해 보였다.

"뭐, 아저씨 나이도 나이인지라…. 부탁하기에 좀 그랬는데."

로렐은 진지한 듯하면서도 놀리는 듯한 어조로 말했다.

"무슨 소리! 언제든 시켜만 줘! 난 항상 준비돼 있다고! 덕분에 광주국립박물관도 처음 가봤어! 그런 멋진 문화재와 유물들이 있을 줄이야!"

용민은 국자로 찌개를 휘휘 저으며 벅차오르는 표정으로 말했다. 로렐은 그런 그의 옆모습을 바라보다, 숟가락을 들던 손을 잠시 멈췄다.

"…문화재라."

그녀의 목소리는 낮고 조용했지만, 이상하게 그 한마디에 작은 파문이 퍼지는 듯한 여운이 느껴졌다.

"저도 문화재 훔치는 건 처음이었는데, 이상하게 기분이 묘하더라고요."

로렐은 고개를 아주 조금 기울이며, 그 말을 곱씹듯 중얼거렸다.

"그러니?"

용민은 힐끔 그녀를 보며 웃었다.

"앞으로 그렇게 기분이 묘할 일들이 더 많을지도 몰라."

용민의 말에 로렐은 대답 대신 찌개 냄새를 따라 다시 숟가락을 들었다. 그녀의 눈빛은 조금 전까지와는 사뭇 달랐고, 그 안엔 잠깐 무언가를 떠올리다 감춘 듯한 흔적이 스쳤다.

"그 묘함을 기념해서…. 특별히 내가 찌개 퍼 줄게."

용민이 웃으며 국자를 들어 보였다. 그러고는 어딘가 의식이라도 치르듯, 찌개를 휘휘 젓고는 건더기를 한가득 떠 올렸다.

"이건 로렐라이 전용. 고기 많~다."

"아, 잠깐잠깐. 아뇨. 오늘은 제가 알아서 먹을 테니까 아저씨 먼저 푸세요."

로렐은 두 손으로 그를 막으며 단호하게 말했다. 그녀는 과거, 비슷한 상황에서 용민이 자신에게 살코기는 없이 비계만 잔뜩 줬던 일이 생각났다.[1]

---

1 《노량진 학원 살인사건》 책 중 〈문방구의 천사〉 참고.

로렐에게는 엄격한 원칙이 있었다. 괴도 버드로서 민첩하고 날렵하게 움직이기 위해 지방 섭취를 최소화하고 체지방률을 낮게 유지하는 것. 그건 단순한 식습관이 아니라, 그녀의 임무였다.

"아, 그래?"

용민은 로렐의 말에 멈칫하며, 자신이 퍼 올렸던 국자의 내용물을 슬며시 자신의 앞접시에 옮겼다. 그런 다음 국자를 찌개 냄비 가운데로 조심스레 되돌려 놓았다.

이제 로렐의 차례였다.

그녀는 국자를 들고, 깊고 진한 국물이 끓는 찌개를 들여다보았다. 김치와 고깃국물의 향이 코를 자극했고, 침이 저절로 고였다.

로렐은 국자로 찌개를 한 번 휘저은 후 깊이 퍼 올렸다.

그런데- 건더기 사이로 고기가 보이지 않았다. 단지 푹 익은 김치만이 국자 위를 차지하고 있을 뿐이었다.

잠시 의아해진 로렐은 다시 국자를 넣어 찌개를 한 번 더 뒤적였다. 하지만 이번에도 역시, 고기는 없었다.

세 번째, 네 번째- 계속해서 국자로 퍼 올려보았지만, 국자에 실려 나오는 것은 뭉텅뭉텅한 김치와 깊게 우러난 국물뿐이었다.

"뭐야? 아저씨, 고기 많이 넣었다면서요?"

로렐은 국자로 찌개를 두어 번 더 계속 퍼 올려보며 말했다. 하지만 로렐의 물음에도 용민은 아무 말이 없었다. 로렐은 찌개에서 시선을 거두고 용민 쪽으로 고개를 돌렸다.

"우걱우걱!"

용민은 누군가에게 쫓기듯, 어느새 정신없이 밥을 먹고 있었다. 그의 앞접시에는 두툼한 고기들이 한가득 쌓여 있었다.

"아~ 저~ 씨~"

*

용민과 로렐은 열기로 가득한 문방구에서 나와 마당 앞 우편함 앞에 서 있었다. 로렐은 삐진 듯 팔짱을 낀 채 툴툴거리고 있었다. 용민은 그런 로렐을 달래려고 하는 것 같았다.

"하하하…. 그러게, 내가 찌개 퍼 준다니까."

용민은 어색한 웃음을 지으며 말했다.

"뭐 아저씨가 그러면 그렇지. 얼른 빨리 그림 보내기나 하세요. 사연자가 기다리고 있겠어요. 그러잖아도 달빛은 밝은데 구름은 낀 스산한 날씨 기다리느라 늦게 그림 훔쳤는데."

로렐은 툴툴대며 말했다.

"그…. 그러자꾸나."

용민은 머리를 긁적이며 어색한 웃음을 지으며 성모마리아 그림 액자를 집어 들었다. 그러고는 진지하면서도 조심스러운 발걸음으로 달빛을 맞으며 서 있는 버드나무 아래 빨간 우편함 앞으로 가까이 갔다.

용민은 그림 액자 틀을 매만지다가 조용히 숨을 들이쉬었다. 로렐은 그런 용민을 조용히 바라보았다.

"자…. 그럼…."

용민은 천천히 우편함 입구를 열었다. 우편함 안쪽에서는 마치 깊은 어둠이 소용돌이치는 듯했다. 먼지 하나 없는 공간이었지만, 그 안에서는 바람이 불어오는 듯한 느낌이 들었다. 마치 시간 자체가 숨을 쉬고 있는 것처럼.

용민은 조심스럽게 그림 액자를 우편함 속으로 밀어 넣었다.

덜컥.

그런데 그림 액자가 우편함으로 들어가지 않았다. 우편함 입구가 좁아서 그림 액자가 걸린 것이었다. 용민은 당황한 듯했다.

"이익~ 이익~"

용민은 억지로 우편함 입구에 액자를 집어넣기 위해 힘을 쓰기 시작했다. 우편함이 힘을 받자 그러지 않아도 기울어져 있던 우편함이 더 기울어지고, 괜히 그림 속 성모마리아가 찌그러질 것만 같았다. 하지만 용민이 그렇게 용을 썼음에도 액자는 우편함으로 들어가지질 않았다. 그 모습을 뒤에서 지켜보던 로렐은 보다 못했는지 한 발짝 나섰다.

"나 참…. 액자를 조금만 대각선으로 기울이면 들어갈 것 같은데요?"

로렐이 한심하다는 표정을 지으며 말했다.

"아…! 그러면 되겠구나! 고맙다! 역시 로렐라이야!"

용민은 깨달음을 얻은 듯한 표정으로 말했다. 그리고 용민은 쌀쌀한 가을날 밤이었음에도 이마에 송골송골 맺힌 땀방울을 성모마리아 그림으로 스윽 닦았다. 로렐은 용민의 그 모습을 보자

실소를 터뜨리고 말았다. 용민 딴에는 두 손으로 액자를 잡고 있어서, 손으로 땀을 닦기에는 손이 부족해 어쩔 수 없는 선택이었던 것 같았다. 괜히 그림 속 성모마리아가 불쾌해하는 것 같아 보였다.

이제 다시 용민은 심호흡하고는 비장한 표정으로 그림 액자를 조금 기울인 뒤, 우편함으로 밀어 넣었다. 그러자, 성모마리아 그림 액자가 우편함으로 빨려 들어가듯 들어갔다.

그 순간 세상이 조용히 떨리는 것 같았다.

마치 먼지가 떠다니는 공기가 순간적으로 일그러지는 것처럼, 공간 자체가 미세하게 흔들렸다. 로렐의 손목시계 초침이 멈칫하더니, 다시 흐르기 시작했다. 달빛은 아른거리며 꿈결처럼 느껴졌고, 우편함 주변의 공기가 잔잔한 물결처럼 퍼져나갔다.

잠시 뒤 우편함이 아무 일도 없었던 것처럼 조용해지자, 우편함에 넣은 성모마리아 그림 액자는 사라지고 없었다.

"나무아미타불, 관세음보살."

용민은 기도하듯 합장하고는 우편함을 향해 고개를 숙이며 말했다. 로렐은 그런 용민은 보고 어이없어하는 표정을 지었다.

"뭐야? 그 그림 성모마리아 그림이던데, 사연자가 스님이에요?"

"하하…. 몰라. 그냥 그림이 사연자한테 잘 도착하라고 기도드린 거야. 성모마리아님이랑 부처님이랑 많이 다른가?"

용민은 어색한 웃음을 짓고는 머리를 긁적이며 말했다.

"나 참…."

로렐은 고개를 가로저으며 한숨을 쉬었다. 그리고 로렐은 우체통 가까이 다가왔다. 우체통을 바라보고 용민과 나란히 서게 되었다.

"그나저나 볼 때마다 여전히 신기하단 말이에요. 이런 현상을 본 게 벌써 9년째이지만, 이 우편함으로 보낸 물건이 40년 전으로 보내진다니."

조금 전 한숨을 쉬며 어이없어하던 로렐의 표정은 온데간데없고, 로렐의 눈빛엔 놀람과 호기심이 어려 있었다.

"응, 아마도 그럴 거야. 40년 전 내가 직접 경험한 일이니까.[2] 지금으로부터 정확히 40년 전 이 시각에, 성모마리아 그림은 한 성당으로 보내져서 사연자에게 전해지게 될 거다."

용민은 웃음기를 거두고 담담하게 말했다. 용민은 진지하게 말했지만 그런 진지함 자체가 용민으로선 엉뚱하게 느껴졌다.

"과거를 미래형으로 표현하니까 또 새롭네요."

로렐은 용민을 보며 피식 웃었다. 그러곤 다시 우편함을 바라보았다.

"정말 신기해. 여기가 타임 포트 같은 곳이란 말이죠? 마치 〈시간탐험대〉 속 주전자 돈데크만이 만드는 시간의 구멍처럼."

로렐은 우편함 앞에 쪼그려 앉아, 우편함 안을 빤히 바라보며 말했다. 겉으로 보기엔 평범해 보이는 우편함이었다.

"하지만 사람은 들어갈 수 없지. 그리고 40년 전 과거 사연자

---

2 《노량진 학원 살인사건》 〈문방구의 천사-반지의 비밀〉 참고.

가 원하거나 필요한 물건이 아니면 과거로 보내지질 않아."

이 우편함이 40년 전 세상과 소통 역할을 한 지도 어느덧 9년째였다.

처음은 용민이 이 자리에 문방구를 열고 지내던 때였다. 어느 날, 우편함으로 한 통의 편지가 온 것이 그 시작이었다. 그 편지는 40년 전의 날짜를 담고 있었고, 다름 아닌 청소년 시절 용민이 쓴 편지였다. 그 내용은, 여자 친구에게 줄 선물을 잃어버린 소년 용민이 성당 수녀님께 사연을 털어놓았고, 수녀님이 하느님께 기도하듯 편지를 써보자며 권했던, 간절한 바람이 담긴 글이었다.

40년 전 소년 용민이 원한 물건을 당시에 가지고 있었던 용민은 우편함에 그 물건을 넣어봤고, 당시에 세상이 흔들리는 느낌과 함께 그 물건은 우편함에서 사라졌었다. 그리고 40년 전 소년 용민은 성당 수녀님께 그 물건을 전달받았던 기억이 있었다.

그 이후로도 종종 40년 전 편지가 우편함으로 오곤 했었다. 하지만 용민은 편지 사연자가 원하는 물건을 찾을 수 없었다. 혹시나 그 물건을 찾더라도, 훔쳐 올 수가 없었다. 그래서 용민은 비슷한 물건 아무거나 우편함에 넣어봤었지만, 물건은 40년 전으로 보내지지 않았다. 용민은 40년 전 사연자들한테 괜스레 죄스러운 마음이 들었었다.

그러던 중 용민은 가출한 소녀 하나를 만나게 되었다. 로렐이었다. 로렐은 어린 시절, 독일의 공기 속에서 자랐다. 한국인 아버지와 독일인 어머니 사이에서 태어난 혼혈이었지만, 그녀의 삶에는 아버지라는 존재가 처음부터 비어 있었다. 아버지는 그녀가 세상을 태어나기도 전에 집을 나갔고, 어머니는 그 빈자리를 꿋꿋이 감당하며 로렐을 홀로 키워냈다.

하지만 세상은 그런 이야기를 헤아려 주지 않았다. 조금 다른 피부색, 조금 다른 눈동자 색. 그 작은 차이들은 아이들에겐 충분한 놀림거리가 되었고, 로렐은 조용히 밀려나는 법부터 배워야 했다.

시간이 흐를수록, 로렐의 마음속에는 지워지지 않는 감정이 자라났다. 자신을 이렇게 만든 사람, 태어나기도 전에 떠나버린 아버지에 대한 서운함과 원망. 그 감정은 언젠가부터, 꼭 한 번은 그를 마주해야겠다는 결심으로 바뀌었다. 얼굴조차 알지 못하지만, 어딘가에 있을 그 사람을. 자신을 남겨두고 사라진 그 그림자를.

그리고 로렐은 집을 떠났다. 무작정 아버지를 찾으러, 아버지의 나라, 낯선 나라, 한국에 온 것이었다.

그러다 우연한 인연으로 용민을 만나게 되었고, 그의 제안으로 괴도 활동을 하기 시작했다. 로렐은 아버지가 운동능력이 있는 사람이었던 듯 선천적으로 운동 신경이 뛰어났고, 호스티스로 일했던 어머니를 닮았던지 연기력도 뛰어났다. 그 덕분에 그녀는 사람들의 눈을 속이고 물건을 잘 훔칠 수 있었다. 그렇게 로렐이 훔쳐 온 물건은 정확히 사연자가 원한 물건이었던지, 물건을 우편함에 넣으면 세상이 조금 흔들리는 느낌과 함께 물건이 사라지고 없어졌었다. 그렇게 로렐이 괴도 활동을 한 지 9년

째가 되었다.

"그러고 보면 그 수녀님도 참 특이해요."

로렐은 턱을 괴고 말했다.

"하느님께 편지를 보낼 생각을 하고, 그걸 또 정말로 어떻게 보냈다는 것, 그리고 그런 신비한 일을 겪고도 담담하게 편지를 계속 보내왔다는 걸 생각하면…. 묘하네요."

"응, 수녀님은 참 단아하고 차분하셨지. 그런데 또 무슨 생각을 하고 계시는지 잘 모르겠는 분이기도 했어."

용민은 빙그레 웃으며 말했다. 로렐은 그 미소를 잠깐 바라보다가, 속으로 조용히 생각했다. '아저씨도 그래요.'라고.

"한번 뵙고 싶긴 하네요."

로렐이 피식 웃으며 말했다.

"나도 어디 계시는지는 몰라. 처음 내 사연 때문에 수녀님 만나고 몇 년간 잘 지냈었는데, 그 이후로 갑자기 내 기억이 없더라고. 다시 기억날 때는 이미 성당은 사라져 버린 뒤였고."

용민은 생각하는 척, 턱을 괴고 말했다.

로렐은 잠시 말이 없었다. 용민의 동안 비결이 용민의 삶 속에서 비어 있는 삭제된 시간 덕분이 아닐까라는 생각이 스치기도 했다. 로렐은 묘한 허공 속을 바라보는 듯, 눈동자가 천천히 움직였다. 그러고는 작은 숨을 들이쉬며 입꼬리를 가볍게 올렸다.

"설마 그 수녀님 아직도 어딘가에서 사연자들의 이야기를 받아서 보내고 계시는 건 아니겠죠? 그러면 저 할머니 될 때까지 괴도 활동 계속해야 되잖아요."

로렐이 다시 피식 웃으며 말했다.

"저도 지금 20대 후반이라 지금은 괜찮지만, 나중에는 체력이 안 돼서…. 못 훔치는 경우가 생길 수도 있는데…."

그 말속에는 먼 미래에 대한 우스운 상상보다는, 어쩐지 그 수녀님을 마주하고 싶다는 작고 깊은 바람이 숨어 있는 것 같았다. 성당, 촛불, 손끝으로 넘기던 편지들, 그리고 그 모든 것을 고요히 받아내던 단아한 얼굴. 마치 먼 별빛처럼 흐릿하고도 아련한 기억. 감사하다는 말도, 물어보고 싶은 말도 많았다.

용민은 말없이, 푸근한 눈빛으로 로렐을 바라보았다. 잠시 침묵이 흘렀고, 그 침묵 속에서 로렐의 시선이 천천히 움직였다. 지금 여기에 있는 이 시간도, 어쩌면 아주 오래된 이야기 속 한 장면처럼 느껴졌다.

그러다 문득, 로렐은 작게 입을 열었다.

"…그래서요, 아저씨."

고요한 여운을 가르며 나오는 로렐의 목소리는 사뭇 진지했다.

"제가…. 못 훔치게 되면요. 그러니까 만약, 물건을 아예 보내지 않으면…. 미래가 달라지나요?"

로렐의 물음에 용민은 천천히, 온화한 미소를 지었다. 마치 오래전부터 준비된 듯한 미소였다.

"음. 그럴 수도 있고, 아닐 수도 있지."

"무슨 말이에요? 그게…?"

로렐은 살짝 인상을 찌푸리며 물었다.

"물건을 우편함에 넣거나 넣지 않는 건 가능성의 입구 같은 거야. 어떤 일이 벌어질지는 물건을 넣는 순간 정해지는 게 아니라, 우리가 봤을 때 결정되는 거거든."

용민은 마치 동화 속 마법사처럼 중얼거리듯 말했다.

"봤을 때라고요?"

로렐은 고개를 갸웃하며 말했다.

"세상은 말이지, 뭔가를 하기 전까지는 모든 가능성이 동시에 존재해. 물건을 보낼 수도 있고, 보내지 않을 수도 있는 상태로 말이지."

"뭐, 양자역학? 그런 거예요?"

로렐은 머릿속이 복잡해지는 게 느껴졌다.

"오, 역시 로렐라이야! 그래, 딱 그거다. 물건을 보냈을 때의 미래, 보내지 않았을 때의 미래, 둘 다 존재하지만, 우리가 뭘 선택하느냐에 따라 그중 하나가 결정될 뿐이지."

용민은 검지를 들어 보이며 말했다.

"그러면…. 물건을 보내지 않는다고 해서 과거가 바뀌는 게 아니라는 거네요."

로렐은 조용히 우편함을 바라보며 말했다.

"그렇지. 과거가 바뀌는 게 아니야. 단지, 우리가 지나갈 미래의 길이 달라지는 것뿐이지. 그리고 중요한 건, 물건을 보내지 않으면 그 순간부터는 '보내지 않은 세계'가 존재한다는 거고."

용민은 고개를 끄덕이며 말했다. 로렐은 잠시 침묵하다가 살짝 미소를 지어 보였다.

"역시…. 아저씨 말은 반쯤은 이해되고, 반쯤은 철학 같아요."

"그게 양자역학의 매력이거든, 이해한 것 같은데도, 끝까지는 이해 못 하게 만드는 거."

용민은 다시 검지를 들어 보이며 말했다.

"그럼…. 우리 지금, 이 순간도, 어쩌면 여러 갈래의 미래 중 하나겠네요?"

로렐은 다시 우편함을 바라보며 속삭이듯 말했다.

"그리고 우리는 지금, 그중 하나를 택했을 뿐이지. 단지, 그 선택을 누가 보게 될지는 또 아무도 모르는 거고."

용민은 조용히 고개를 끄덕이며 의미심장한 표정으로 말했다. 용민의 그 말에, 문방구의 공기가 아주 잠깐 일렁인 듯했다.

로렐은 다시금 우편함을 바라보며, 조금은 다른 눈빛으로 미소를 지어 보였다. 마치 그 작은 상자가 진짜로 미래를 여는 문처럼 보였다.

"오늘 밤은 잠을 푹 자두렴. 또 편지가 올지도 모르니."

용민은 온화한 미소를 지으며 말했다.

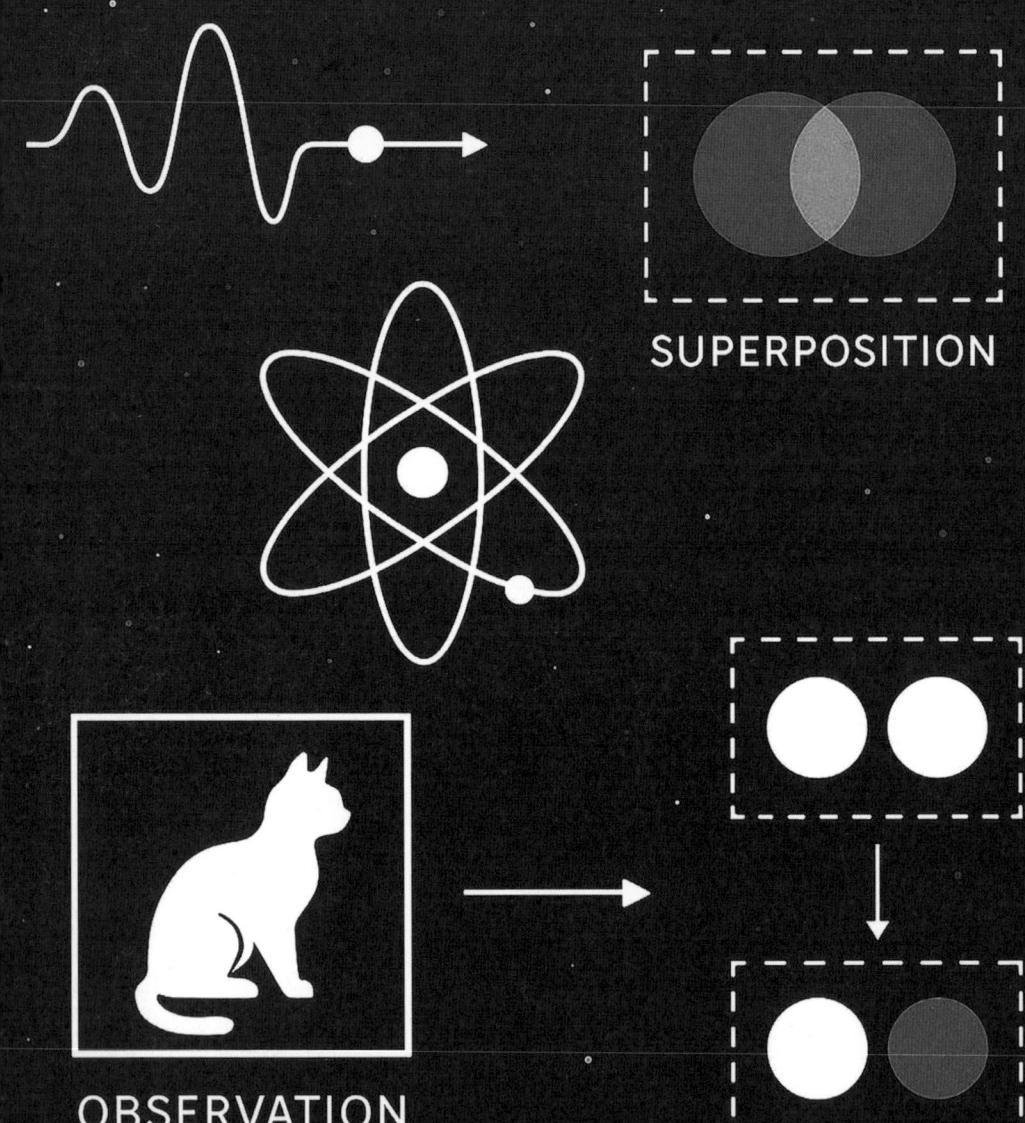

10월 25일, 2019년

　새벽의 공기는 조용하고 부드러웠다. 희미한 달빛이 문방구 창문 너머로 스며들어 방 안을 은은하게 비추고 있었다.
　로렐은 그 은은한 달빛을 맞으며 아늑한 침대에서 곤히 잠들어 있었다. 조금 전까지만 해도 박물관 지붕 위를 날 듯이 뛰어다니던 아름답고 카리스마 넘치는 괴도였지만, 지금 그녀는 커다란 곰 인형을 껴안고 동물무늬 잠옷을 입은 채 몸을 동그랗게 말고 자고 있었다. 눈매는 여전히 새침했지만 조용히 감겨 있었고, 살짝 벌어진 입에서는 새근새근 규칙적인 숨소리가 흘러나오고 있었다. 그녀의 모습은 영락없는 20대 귀여운 아가씨였다.
　그러나 세상 걱정 하나 없이 자는 듯한 그 모습 아래, 로렐의 예민한 감각은 결코 완전히 잠들지 않았다. 몸은 쉬고 있었지만,

마음과 감각은 여전히 긴장된 상태로 공간의 소음을 가만히 감지하고 있었다.

그때, 어디선가 발소리가 들려왔다. 로렐은 그 발소리에, 잠에서 깼다. 로렐은 눈을 감은 채 생각에 잠겼다.

'…아저씨인가? 아니, 이 시간에 아저씨는 한창 잠에 빠져서 코도 안 골고 자고 있을 시간인데….'

로렐의 감긴 눈이 살짝 떨렸다. 발소리는 점점 커지기 시작했다. 부드럽고 조심스러운 걸음걸이였다. 숨소리마저 삼키며 움직이는 발걸음이었다.

로렐의 심장은 어느새 긴장으로 조여들기 시작했다.

'설마…. 만약 내가 꼬리를 밟힌 거라면? 경찰들이 체포하러 온 거라면?'

머릿속은 순식간에 수십 개의 시나리오로 채워졌다.

침대에서 움직이지 않은 채, 눈은 감은 채. 로렐은 최대한 숨을 죽이며 자는 척을 유지하기로 했다.

하지만 발소리는 계속해서 다가왔다. 이제는 그녀의 머리맡까지 와 있는 게 분명했다. 기척이 너무 가까웠고, 방 안의 공기가 살짝 바뀌는 것마저도 느껴졌다.

그리고 그때였다. 로렐은 머리 위에 갑작스럽게 느껴지는 열기에 깜짝 놀랐다.

"앗, 뜨거!"

로렐은 반사적으로 몸을 일으켰다.

그와 동시에 그녀의 눈에 들어온 건, 너무도 익숙한 얼굴이었다.

발소리의 주인.

그는 바로-

***

10월 25일, 1979년

고해성사실의 묵직한 문이 조용히 열렸다. 안에서 나온 쉬리의 한 손에는 곱게 접힌 편지 한 통이 들려 있었다. 희미한 성당 불빛 아래서도 그의 얼굴엔 깊은 고민의 흔적이 스며들어 있었다. 잔잔하지만 무거운 눈빛, 손끝에 남은 미세한 떨림. 그가 지금 막 써낸 이 편지는 단순한 글이 아니라, 마음을 쥐어짜듯 쓴 내면의 고백이었다.

"잘 썼어?"

성당의 그림자가 길게 드리운 고해성사실 앞, 나리는 은은한 미소를 띤 채 쉬리를 맞았다. 하얀 수녀복은 달빛과 성당의 불빛을 품고 조용히 일렁였다. 그녀의 얼굴은 담담했지만, 눈빛에는 어딘지 모를 기대와 염려가 뒤섞여 있는 것 같았다.

쉬리는 그런 나리의 품에 조심스럽게 끌리듯 시선을 내렸다. 그녀는 품에 액자 하나를 안고 있었다. 정갈한 테두리에 싸인 그 액자는, 묘하게 현실과 비현실 사이 어딘가에 놓인 것처럼 보였다. 액자 속의 내용은 잘 보이지 않았지만, 뭔가 그가 방금 써낸 편지와 비슷한 결이 느껴졌다.

쉬리는 잠시 아무 말 없이 손에 쥔 편지를 내려다보았다. 마치 무언가를 다시 확인하려는 듯, 혹은 마지막으로 망설이려는 듯. 그러다 조용히 한숨을 내쉬며 고개를 들었다.

"여기…."

쉬리는 손에 들고 있던 편지를 나리에게 건넸다.

"하느님께 잘 전해줘."

편지를 건네는 쉬리의 손끝에는 묵직한 결심이 실린 것 같았다. 나리는 품에 안고 있던 액자를 잠시 내려놓고는 두 손으로 정성스레 편지를 받아 들었다. 그녀의 손길은 조심스럽고 따뜻했으며, 누군가의 마음을 직접 받아 안는 것 같았다.

"편지에 향수 안 뿌렸네."

나리는 혼잣말하듯 조용히 말했다. 그 말에 쉬리는 순간 멈칫했다.

"뭐?"

쉬리는 조금 어리둥절한 표정으로 되물었다. 나리는 곧장 고개를 가볍게 젓고, 웃음을 머금은 목소리로 말했다.

"아니야. 편지 쓰느라 고생했어."

그러고는 고개를 살짝 기울이며, 장난기 어린 눈빛을 건넸다.

"그런데 편지에 뭐라고 썼어? 나한테 연애편지 쓰던 것처럼 썼어?"

그 말에 쉬리는 흠칫 놀라며 말을 더듬었다.

"무…. 무슨…. 그…. 그때랑은 다르지."

그의 귀 끝이 살짝 붉어졌다. 나리는 긴 속눈썹 너머, 반쯤 감긴 눈빛으로 쉬리를 흘긋 바라보고 있었다. 매혹적인 시선과 동시에 어딘가 아찔한 농담처럼 느껴졌다.

"왜~ 예전에 나한테 편지 쓰던 그 간절한 마음처럼 써야지. 그래야 하느님이 들어주실지 누가 알아?"

나리는 조용히 웃었다. 그 미소는 따뜻했지만, 묘하게 위험한 기운이 느껴지기도 했다. 쉬리는 더 이상 아무 말도 하지 못하고 시선을 피했다.

짧지만 묵직한 침묵이 흘렀다. 그 틈 사이로, 쉬리의 마음은 다시금 먼 과거의 시간으로 스며들고 있었다. 감정의 여운이 무겁게 가라앉는 순간이었다.

"그럼, 나는 하느님께 편지 보내러 갈게. 쉬리는 이제 들어가서 쉬고 있어."

침묵을 깨고 나리가 말했다. 그러고는 돌아서서 성당 제대 쪽으로 향해 갔다. 그녀의 발걸음은 조용했지만 단호했고, 옷자락이 공기를 가르며 가볍게 퍼져나갔다.

쉬리는 나리의 시선을 피하고 있었지만, 돌아서는 마지막까지 그녀의 어렴풋한 미소를 띤 시선이 느껴졌다. 무언가 말하고 싶었지만, 그러나 끝까지 말하지 않는 미소처럼 느껴졌다.

고요한 성당 안, 초의 불빛이 살짝 흔들렸다. 쉬리는 편지를 가지고 떠나는 나리의 뒷모습을 멀거니 바라보았다. 나리가 입은 수녀복의 흰 자락이 부드럽게 공기를 가르며 흩날리고 있었다. 수녀복은 단정했지만, 지금 순간만큼은 세상 어떤 드레스보다도 치명적이었다.

***

10월 25일, 2019년

    로렐의 머리맡에는 용민이 코코아 한 잔을 들고 서 있었다. 코코아에서 피어오르는 김이 부드럽게 공기를 타고 흘렀고, 그 온기는 아직 새벽의 잔열이 남은 방 안에 조용히 스며들고 있었다.
    "…."
    로렐은 멍하니 몇 초간 용민을 바라보았다. 방금까지의 긴장감이 무색할 정도로, 용민은 로렐의 머리맡에서 무해한 미소를 짓고 있었다. 로렐이 뜨거움을 느낀 것은 용민이 코코아를 로렐의 이마에 살짝 갖다 댔기 때문이었다. 바짝 신경이 예민한 상태였던 로렐에게는 따뜻한 코코아가 뜨겁게 와닿았던 것이었다.
    "아저씨! 깜짝 놀랐잖아요!"
    로렐은 작게 소리치며 말했다. 목소리에는 놀란 감정과 약간의 짜증이 섞여 있었다.
    "하하…. 미안하다. 조심히 깨운다는 게 그만…. 역시 로렐라이는 감각이 남다르구나."
    용민은 미안한 듯 웃으며 말했다. 로렐은 여전히 미간을 찌푸린 채 심통이 난 얼굴이었다.
    "따뜻하게 한 모금 하렴. 로렐라이가 좋아하는 초콜릿, 두 배로 넣었어."

용민은 코코아를 침대 옆 협탁에 내려놓으며 말했다. 로렐은 김이 모락모락 나는 코코아 잔을 힐끔 쳐다보았다.

"이 코코아, 멀쩡한 거 맞죠? 또 이상한 장난친 거 아니죠? 지난번처럼 냄새는 코코아인데, 쌍화탕 맛이 난다거나…."

로렐은 눈을 가늘게 뜨고는 의심의 눈초리로 말했다.

"이번엔 정말 달디단 코코아란다."

용민은 어깨를 으쓱하며 말했다. 그의 얼굴은 한없이 순수해 보였지만, 로렐은 그래도 여전히 경계하듯 코코아 잔을 바라보았다.

로렐은 잠시 망설이다가, 속는 셈 치고 마셔보자는 듯 조심스럽게 코코아 잔을 두 손으로 감싸 들었다. 그러고는 천천히, 아주 살짝 한 모금을 입에 머금었다.

코코아가 혀끝을 스치자, 초콜릿의 깊은 향과 부드러운 단맛이 혓바닥을 감싸안았다. 따뜻한 액체가 목을 타고 흘러내릴 때, 마치 꽁꽁 얼어 있던 가슴속 무언가가 스르르 녹아내리는 듯했다.

긴장해 있던 로렐의 심장이 툭, 하고 한 박자 놓친 듯 느려졌고, 몸속 구석구석으로 퍼지는 온기가 안락한 이불 속으로 들어간 듯한 기분을 안겨주었다. 긴장은 풀렸고, 방 안에는 다시금 평온이 찾아왔다.

"…진짜네요."

로렐은 중얼거리며 코코아 잔 위로 김을 후후 불어냈다.

"웬일이래요."

그녀는 눈매가 풀린 얼굴로 용민을 바라보며 말했다.

"방금 또 왔어. 40년 전, 편지가."

용민은 잔잔한 미소를 지으며 말했다. 그러고는 어디서 꺼냈는지 편지 한 장을 협탁 위에 내려놓았다.

로렐은 코코아 잔을 조심스럽게 내려놓고는, 편지를 물끄러미 바라보았다. 그 눈빛에는 약간의 피로와 함께, 익숙하면서도 낯선 감정이 어른거리고 있었다.

그러고는 말없이 편지를 바라보다가, 입꼬리를 아주 살짝, 부드럽게 올렸다.

"그래서…. 이번엔 제대로 된 코코아를 준 거군요. 내가 또 움직여야 하니까."

그녀는 접혀 있던 편지지를 두 번 펴며 말했다. 편지지의 종이 소리가 조용한 방 안에 사각- 하고 울렸다.

"응, 로렐라이의 힘이 필요해."

용민은 천천히, 그리고 가볍게 고개를 끄덕이며 말했다.

평온했던 새벽이 다시 깨어나기 시작했다.

편지를 읽는 로렐의 눈빛은 어느새 또렷해졌고, 그 안에는 아직 오지 않은 사건을 향한 묘한 설렘과 긴장감이 담겨 있었다. 이 작은 방, 이 작은 침묵 속에서, 또 하나의 시간이 막 시작되고 있었다.

하느님께.

안녕하십니까. 하느님. 처음으로 인사드리겠습니다. 저는 대한민국 중앙정보부에서 정보원으로 일하고 있는 29살 박쉬리라고 합니다.

사실 저는 신을 믿지 않습니다. 신의 이름으로 벌어진 수많은 갈등과 전쟁, 서로를 향한 증오와 분열을 보며, 저는 신이 존재하지 않는다고 생각해 왔습니다. 무엇보다도, 자신을 믿는 이들조차 지켜주지 못하는 신이라면, 존재할 이유가 없다고 여겼습니다. 그래서 지금까지 저는 신의 존재를 부정하며 살아왔습니다. 하지만 지금, 이 순간만큼은, 제 스스로 무엇이 옳은지, 어떻게 판단해야 하는지 전혀 알 수 없습니다.

그래서 당신께 이렇게 편지를 씁니다.

저는 대통령을 암살하기 위한 계획을 철저히 준비하라는 명령을 받았습니다. 특히 총을 잘 소지하고 있으란 명령을 받았습니다. 그가 제거되어야 하는 이유는 그가 자유민주주의를 파괴하고 있는 독재자이기 때문입니다. 그러나 그 명분이 정말 정당한 것인지, 아니면 누군가의 이익을 위한 도구에 불과한 것인지 확신할 수 없습니다. 대한민국은 대통령 덕분에 빠르게 성장했기 때문입니다. 대부분 서민들은 경제성장을 피부로 체감하지, 독재로 인한 불편감은 체감하지 못하고 있는 건 사실입니다.

저는 해병대 장교 출신으로서 대한민국을 위해 살아왔고, 언제나 필요한 결정을 내려왔습니다. 논리적으로 사고하고, 감정을 배제하며, 주어진 임무를 수행하는 것이 저의 역할이었습니다. 그러면서 많은 사람을 죽이기도 하였습니다.

하지만 이번만큼은 제 안에서 의문이 끊이지 않습니다.

대통령을 암살하는 것이 맞는 것인지, 아니면 멈춰야 하는 것인지…. 저는 답을 내릴 수 없을 것 같습니다.

하느님, 만약 당신이 존재한다면, 그리고 인간에게 뜻을 전하시는

분이라면, 지금 저에게도 그 답을 내려주시길 바랍니다. 제가 가야 할 길이 무엇인지, 무엇이 옳은 선택인지.

저는 여전히 당신을 믿지 않을지도 모릅니다. 하지만 이 순간만큼은 당신의 뜻을 듣고 싶습니다. 그 어떤 방식으로든, 저에게 신호를 보내주십시오.

저는 기다리겠습니다.

PS. 현재 박 대통령 각하는 저와 본관도 같고 항렬도 하나 위입니다.

편지를 다 읽은 로렐은 한동안 그 편지를 잡은 채, 멍하니 있었다. 손끝에 닿는 종이의 감촉은 생생했지만, 머릿속은 복잡해졌다.
"대통령…? 암살…?"
로렐은 낮게 중얼거렸다. 지금껏 수많은 사연을 접해왔지만, 이렇게 노골적으로 생명의 존속과 살인에 관한 사연은 처음이었다. 몸이 오싹하게 떨렸고, 등골을 타고 차가운 기운이 느껴졌다. 그녀는 지금껏 괴도 버드로서 수없이 많은 유물을 훔치고, 추적을 피하고, 계획을 설계했지만, 그 모든 것과는 결이 다른 무게였다.
그녀가 지금껏 익숙히 다뤄오던 괴도 버드의 세계에 균열이 이는 것 같았다.
"기한은 내일까지야. 10월 26일."
용민의 목소리가 정적을 뚫고 들려왔다. 그는 창가에 선 채, 창문 밖을 바라보고 있었다. 희미한 새벽빛이 창문을 타고 들어와 그의 얼굴 절반을 조용히 가리고 있었다. 그림자에 잠긴 그의 실루엣은 어디선가 본 듯한 형사처럼, 혹은 오래된 문을 지키는 문지기처럼 보였다.

"내일이면…. 겨우 하루 남았단 소리잖아요?"

로렐은 숨을 들이쉬었다. 편지 사연만으로도 불편했는데, 그 문제를 해결할 시간이 단 하루밖에 없다고 하니 가슴이 옥죄는 기분이었다.

"역사의 방아쇠가 걸린 순간이야."

용민은 돌아서서 로렐을 보며 말했다. 용민의 눈동자는 예전과 달랐다. 언제나 장난기 많던 그 얼굴이 아니었다. 지금은 철판처럼, 총처럼 단단한 무언가가 박혀 있는 것 같았다.

로렐은 시계를 바라봤다. 초침이 '틱, 탁' 소리를 내며 10월 25일 새벽을 갉아먹고 있었다.

10월 25일, 1979년

    성당의 깊은 새벽은 숨결처럼 고요했다. 그 고요함은 찬란한 제대 위에 드리운 촛불의 떨림 사이로 은은히 퍼지며, 공간 전체를 투명한 막처럼 감싸고 있는 듯했다.
    나리는 신의 식탁처럼 눈부시게 하얀 식탁보가 깔린 제대 앞에 무릎을 꿇은 채, 두 손을 모아 기도를 드리고 있었다.
    그녀의 수녀복 자락은 바람도 닿지 않는 공기 속에서 은근하게 물결치듯 흔들렸고, 미세하게 떨리는 속눈썹 위로는 촛불 빛과 달빛이 겹치며 아른거렸다. 고요한 어둠 속에서 그녀의 존재는 성스러우면서도, 설명할 수 없는 매혹적인 분위기를 풍기고 있었다. 마치 신 앞에 몸을 바치고 있으면서도, 신조차도 그녀의 기도에 귀를 기울일 수밖에 없을 듯한 고요한 강렬함.

"주님, 저희들이 올바른 답을 내릴 수 있도록 힘을 주세요."

작게 속삭인 나리의 목소리는, 성당을 가득 채운 침묵 속에 스며들 듯 사라졌다.

나리는 손끝으로 성호를 그었다. 그 움직임마저 하나의 의식처럼 섬세하고 절제되어 있었다.

그러고는 천천히 몸을 돌렸다. 그 순간, 마치 어둠 속에서 솟아오르듯, 그녀의 등 뒤에 있던 누군가가 모습을 드러냈다. 그것은 쉬리였다.

빛과 그림자의 경계에서 나타난 쉬리의 눈동자는 새벽보다 짙은 어둠을 품고 있었고, 그 눈빛 속에는 갈망과 회한의 잔향이 얽혀 있었다.

나리는 놀란 듯 숨을 들이켰지만, 놀라움을 입 밖으로 드러내지는 않았다. 대신 고요한 시선으로 쉬리를 바라보았다.

쉬리의 손이 나리의 어깨를 감싸는 순간, 제대 위의 촛불이 크게 흔들렸다. 그 불빛은 무언가를 허락하는 듯한 떨림이었다.

"이러면 안 되는 거, 몰라."

나리의 목소리는 낮고 단호했다. 하지만 이미 쉬리의 셔츠를 움켜쥔 나리의 손에는 힘이 들어가 있었다.

쉬리는 흔들리는 눈빛으로 나리를 내려다보았다. 마지막 남은 이성의 끈을 잡으려는 듯.

"그럼 멈춰."

하지만 쉬리의 목소리는 나직했고, 확신이 없었다.

"정말 그러길 원해?"

나리의 입가에는 미소가 스쳤다.

쉬리는 대답 대신, 나리의 허리를 두 손으로 감싸안고는 제대 앞으로 몰아붙였다. 무언의 흐름이 두 사람을 감쌌다. 마치 어떤 힘이 그들을 끌어당기고 있는 듯.

나리는 큰 저항 없이 제대에 앉았다. 쉬리는 마치 신에게 묻는 듯한 눈빛으로 나리를 내려다보았다. 그리고 그녀 몸 위로 자신의 몸을 던졌다. 두 그림자가 하얀 대리석 제대 위에서 하나로 합쳐졌다. 천장의 성화들이 그들을 내려다보고 있는 것 같았다.

나리의 허리에 감긴 손이 강하게 조여졌다. 나리도 손끝으로 쉬리의 목덜미를 파고들었다. 그들의 거친 숨이 맞닿았다.

순간, 입술이 부딪쳤다. 망설임 따윈 없었다. 오랜 갈망이 폭발하듯 깊고도 격렬했다. 나리가 입고 있는 수녀복 매무새가 흐트러지며 쉬리의 손가락 사이로 미끄러져 내려갔다. 천이 바닥에 닿는 순간, 그들의 숨소리도 한층 더 뜨거워졌다.

거친 숨소리가 깊어질수록, 제대 위의 촛불은 더욱더 위태롭게 흔들렸다. 그들의 이성이 흔들리듯 촛불도 함께 흔들렸다.

그들의 숨소리가 더욱더 거칠어지고, 움직임이 커지자, 마침내 마지막 남은 이성의 끈이 끊어지듯 위태위태했던 제대 위 촛불들이 하나둘씩 쓰러지며 꺼졌다.

그러자 성당에는 어둠이 일었다. 빛이 사라진 성스러운 그 자리에, 억눌려 있던 인간의 본성이 피어오르는 것 같았다. 수많은 기도와 맹세로 봉인되었던 인간의 본성이, 더 이상 감출 수 없는 숨결로 피어올랐다. 금기를 지키던 성당의 벽과 기둥마저 아무 말 없이 그것을 받아들였고, 거역할 수 없는 어둠의 숨결만이 남아 있었다.

"하느님도, 맹세도, 지금 내게는 아무 의미 없어."

나리는 쉬리의 귀에 대고 속삭였다.

쉬리는 대답 대신, 더 깊이 그녀를 끌어안았다. 그 순간, 남은 건 서로를 갈망하는 두 사람뿐이었다.

*

별빛은 마치 숨을 죽인 듯 조용히 침실 안으로 스며들고 있었다. 바닥과 침대, 그리고 그 위에 나란히 누운 두 사람을 서늘한 은빛으로 덮었다. 천천히 숨을 쉬는 나리의 가슴이 오르내릴 때마다, 그녀의 어깨 위로 흘러내린 수녀복 자락이 부드럽게 흔들렸다. 침묵 속에서, 그녀의 옛 이름이 아닌 '수녀'라는 정체성이 다시금 되살아나려는 듯하면서도, 나리는 아직 돌아가지 않은 얼굴로 천장을 응시하고 있었다.

쉬리는 고개를 돌려 나리를 바라봤다. 말없이 누워 있기엔 마음 한편에 걸리는 것이 많았다.

"수녀가…. 하느님 앞에서…. 이래도 괜찮아?"

쉬리는 낮고 조심스러운 목소리로 말했다. 쉬리의 말에 나리는 몸을 돌려 쉬리를 바라보았다. 그녀의 눈빛은 담담했고, 그 안에는 쉽게 닿을 수 없는 깊이가 있는 것 같았다. 그리고 그 깊이 너머엔 알 수 없는 평온함이 있었다.

"신이 정말 있다고 생각해?"

나리가 입꼬리를 살짝 올리며 말했다. 그녀의 말에 쉬리는 눈이 동그래졌다.

"…뭐?"

쉬리는 말문이 막힌 얼굴로 나리를 바라보았다.

나리는 쉬리의 그 표정을 보곤 '까르르'하며 웃음을 터뜨렸다. 성당 안에선 결코 울려선 안 될 듯한 맑고 자유로운 웃음이었다.

"농담이야. 농담~ 우리 쉬리, 너무 귀엽네~"

나리는 환하게 웃으며 말했다. 나리는 웃음을 고르며 덧붙였다.

"근데 말이야, 나도 수녀지만, 한낱 사람일 뿐이야. 사람이란 존재는 늘 완벽하지 않고, 사람은 욕망을 품고 태어나. 하느님이 주신 본성이라면, 부정하는 게 더 교만일지도 몰라. 그리고, 나는 수녀이기 이전에 여자이기도 해."

나리의 말은 이성적인 듯했지만, 그 안엔 자신조차 다 담지 못하는 흔들림이 묻어 나왔다.

"다른 수녀님들은 안 그러잖아."

쉬리는 이해될 듯하면서도 이해되지 않는 얼굴로 말했다.

"다른 수녀님들은 안 그런지 쉬리 네가 어떻게 알아?"

나리는 눈을 가늘게 뜨고 쉬리를 바라보며 말했다. 그 말엔 장난스러우면서도 묘한 여운이 배어 있었다.

"…."

쉬리는 아무 말도 하지 못하고 나리의 눈을 피했다.

"세상은 늘 표면만 봐. 수녀는 청렴해야 하고, 조용해야 하고,

유혹에 흔들리지 말아야 한다고 생각하지. 근데 말이야…. 수녀도 숨을 쉬는 사람이야. 아침엔 커피를 마시고, 점심엔 아이를 돌보고, 밤이면 기도하지. 그리고…. 혼자 있을 때는, 여자의 마음으로 잠들어."

나리는 부드러운 이불 끝을 만지작거리며 고요하게 말했다. 쉬리는 다시 나리를 바라보았다. 쉬리는 할 말을 잃은 듯했다.

"하느님은 완벽하지 않은 사람들을 사랑하셔. 사람이 완벽하다면 애초에 구원도 필요 없겠지. 난 내 사랑을 부정할 만큼 완전한 수녀가 아니야. 쉬리 네가 날 어떻게 생각하는지는 잘 모르겠지만. 쉬리 앞에서는, 그저…. 여자가 되고 싶어."

나리는 쉬리의 가슴팍에 턱을 올리며 말했다. 나리의 숨결이 쉬리의 살결에 닿을 때마다, 얇은 긴장감이 파문처럼 번져갔다.

쉬리는 그런 나리를 바라보며, 입술을 달싹였다. '…. 그럴 거면 수녀가 되지 말고 내가 청혼했을 때 그냥 받아줬으면….'이라는 말이 거의, 아주 거의 입 밖으로 흘러나올 뻔했다.

하지만 쉬리는…. 멈췄다. 그 한마디가, 이 따뜻한 방의 공기를 너무 날카롭게 가를 것 같았다. 말은 마음속 깊은 곳에 삼켜졌고, 대신 그는 조용히 나리의 이마에 입을 맞췄다.

그건 아무것도 묻지 않겠다는 뜻이었고, 말보다 오래 남을 대답이기도 했다.

나리는 그런 쉬리의 품을 아무것도 모른 채, 더 깊이 파고들었다. 그녀는 그 입맞춤이, 그저 오늘의 따뜻한 안녕 같은 것이라 여기는 듯했다.

그 순간, 창밖의 별빛은 창틀 너머로 흘러들어와 두 사람을 은은히 비췄다.

나리는 천천히 손을 내밀어 쉬리의 손을 맞잡았다. 쉬리는 한 손으로 조심스레 나리의 머리칼을 쓸어 넘겼다. 그 가벼운 동작 하나에도, 말로 다 못 할 온기가 담겨 있었다. 나리는 눈을 감았다.

숨소리 하나, 작은 떨림 하나마저 서로를 향하고 있었다. 방 안은 고요했지만, 고요한 속에 무수한 진동이 있었다. 다시금 감정이 부드럽게 피어오르고, 망설임 없이 사랑으로 녹아들었다.

그들이 다시 입을 맞췄을 때, 그것은 어떤 열망도 아닌, 믿음과 회의, 신과 인간, 옳고 그름의 경계 너머에서 만난 단 하나의 진실.

사랑이었다.

*

새벽은 고요했다. 창밖, 새벽녘 별빛들이 은은하게 스며들며 침실 안을 부드럽게 물들였다.

쉬리는 눈을 떴다. 낯선 고요함이 그의 의식을 두드렸다. 몸을 움직이려고 하자, 가슴팍 옆구리에서 느껴지는 따뜻한 무게가 그를 멈춰 세웠다.

나리가 쉬리의 가슴에 안긴 채 조용히 잠들어 있었다. 그녀의 숨결은 가늘고 평온했으며, 입가엔 옅은 미소가 고요히 맺혀 있었다.

쉬리는 조용히 천장을 바라보았다. 몇 초쯤 아무 생각 없이 눈을 깜빡이다가, 문득 현실이 그의 머릿속으로 흘러들었다.

'내가 지금 뭘 하고 있는 거지?'

그는 조심스럽게 몸을 일으키려고 했다. 그러나 그 움직임이 전해졌는지, 나리가 눈을 떴다.

"…쉬리…."

나리는 아직 잠결이었다. 쉬리는 그런 나리를 바라보았다. 그녀의 눈가에는 따뜻함과 사랑이 흐르고 있었다.

"하느님이…. 정말로 응답을 줄까?"

쉬리는 마치 꿈속에서 깬 사람처럼 낮은 목소리로 말했다. 그러며 침대 가장자리에 걸터앉았다. 그의 움직임에 따라 나리도 자연스럽게 몸을 일으켰다.

"…불안해?"

나리는 조용히, 그러나 부드러운 목소리로 말했다. 그녀는 쉬리의 등을 바라보며 조금 더 몸을 일으켰다. 그녀의 머리카락이 어깨를 타고 흘러내렸다.

"나는 지금껏 신을 부정했는데…. 나는 신을 믿지 않잖아…."

쉬리의 목소리에서 불안한 떨림이 느껴졌다. 그러자 나리는 살며시 쉬리 옆으로 다가가, 그의 허리를 두 손으로 감싸안았다.

"신은 믿지 않지만…. 나는 믿잖아. 하느님은…. 반드시 응답을 주실 거야."

나리의 목소리는 따뜻하고 단단했다. 쉬리는 멍하니 그녀를 바라보았다.

"하지만 신이 존재한다면, 왜 신의 이름으로 수많은 사람이 죽거나 다친 거지? 종교 때문에 분열되고, 증오하고, 사람을 고문하고, 나는 이해를 못 하겠어."

쉬리는 진지하게, 의문이 있는 눈빛으로 말했다. 나리는 천천히 입을 열었다.

"…그건 신이 존재하지 않아서가 아니라, 신을 말하는 사람들이 불완전했기 때문이 아닐까?"

그녀는 허리를 감싸고 있던 손을 천천히 풀며 말했다. 그러자 나리의 머릿결이 창밖의 별빛을 받아 은은하게 흔들리며 빛났다.

"사람은 완전하지 않아. 우리 모두 불완전해. 그건 죄가 아니라, 그냥 사람이라는 뜻이야."

나리의 말에 쉬리는 조용히 그녀를 바라보았다. 나리의 눈빛은 그 어느 때보다 더 이성적인 눈빛이었다.

"근데 그런 사람이 신을 믿어. 그래서 문제가…. 그 믿음을 소유물처럼 여긴다는 거야. 내가 옳고, 너는 틀리고. 내가 믿는 신은 진짜고, 네 신은 가짜고. 결국 신의 이름으로 사람을 가르고, 상처 주고, 죽이기도 하지."

쉬리의 눈동자가 흔들렸다. 나리는 계속 말을 이었다.

"그건 신이 없는 세상의 모습이 아니라고 생각해. 신을 잘못 믿는 사람들로 가득한 세상의 모습이지. 신이 문제인 게 아니라, 신을 믿는, 신을 소유하려는 사람들이 문제라고 생각해. 사람이 스스로 욕망에 따라 그 존재를 해석하고, 포장하고, 왜곡했을지도 몰라. 그래서 나는 무조건 종교가 완전하다고, 옳다고 믿지 않아. 종교는 사람이 만든 거니까."

쉬리는 아무 말도 하지 않았다. 나리는 계속 말했다.

"바다에 쓰레기를 던지고선, 바다가 썩었다고 욕하지 않잖아. 하늘에 연기를 피워놓고, 하늘이 더럽다고 말하지 않잖아. 우리가 신이라는 이름 아래 쏟아낸 욕망과 판단과 폭력이, 결국 그 이름을 흐린 거야."

그녀는 다시 쉬리 쪽으로 몸을 기울였다.

"신은⋯. 하늘 같아. 언제나 거기 있었고, 늘 같은 자리에 있는데 사람들이 그 하늘에 검은 유리창을 대고선, '저건 어두워, 절망이야.'라고 말하는 거와 비슷하다고 할까."

쉬리는 말없이 그녀를 바라보았다. 그 눈빛은 복잡했다. 의심과 혼란, 그리고 어렴풋한 수용이 함께 엉켜 있는 듯했다.

"신이 없다고 말하는 건 쉬워, 눈에 보이지 않으니까. 손에 잡히지 않으니까. 그건 마치⋯. 우리 사랑이 눈에 보이지 않으니 없다고 말하는 것과 같아."

나리는 한결 더 쉬리에게 몸을 기울였다. 그녀에게서 좋은 향기가 났다.

"그건⋯."

쉬리는 당황한 기색을 보였다. 쉬리의 눈썹이 미세하게 떨렸다. 이성의 뿌리 깊은 토양에 작은 균열이 생기는 소리가 들리는 듯했다.

"그래도⋯. 신이 있다면, 신은 왜 가만히 있는 거지? 전쟁이나 다툼을 왜 말리지 않는 거지? 나라면 말렸을 텐데."

쉬리는 나리에게 물었다. 나리는 조금의 침묵 끝에 대답했다.

"…만약 우리가 완벽한 도구라면- 어디에 써야 할지, 어떻게 써야 할지 직접 명령을 내려야 하는 물건이라면- 신은 우리를 조종하면 되겠지. 전쟁하지 말고, 다투지 말라고. 하지만, 우린 도구가 아니야. 자유의지가 있는 존재야. 신이 개입하지 않는 건, 우리에게 선택하게 하기 위해서라고 생각해."

쉬리는 다시 말이 없었다. 나리는 조용히 말을 이었다.

"쉬리가 신을 믿지 않는 것도, 신이 허락한 자유일지도 몰라. 근데 한번 이렇게 생각해 보면 어때?"

나리는 한 박자 쉬고 계속했다.

"세상이 어지럽고, 악하고, 잔인해서 신이 없다고 느낀다면, 신이 존재하지 않는 게 아니라- 그럴 때일수록 누군가는 신을 믿어야 한다고 생각하지 않아? 오히려 가장 어두운 순간에, 가장 불가능해 보일 때 누군가가 희망을 선택하는 것처럼."

나리의 그 말은 쉬리의 가치관을 정면으로 가르진 않았다. 하지만 아주 작은 금이 그의 이성 안에 조용히 번져가는 느낌이었다.

"나…. 안아줘…."

나리는 살포시 침대에 자신의 몸을 누이며 말했다. 그녀의 눈길은 쉬리의 깊고도 짙은 검은색 눈동자에 닿아 멈췄고, 그 안에는 창밖 별빛이 잔물결처럼 일렁이고 있었다. 마치 밤하늘이 그의 눈 속에 잠시 들른 듯, 조용한 반짝임이 그윽하게 피어올랐다.

쉬리는 말없이 그녀 곁으로 다가가, 그녀를 품에 끌어안았다. 나리는 쉬리의 가슴팍에 얼굴을 묻었다. 그녀의 숨결이 고요하게 그 사이를 맴돌았다.

그 순간, 남은 건 오직 두 사람의 온기뿐이었다. 믿음이라는 이름의 감정이, 아주 잠깐, 세상의 모든 질문을 잠재우고 있었다.

*

한동안 말없이 숨결만 이어졌다. 세상의 소음은 사라지고, 창밖의 바람마저도, 이 순간만큼은 조용히 멈춘 듯했다.

나리의 고운 숨결이 쉬리의 가슴 위에 얹혀 있었다. 마치 새벽 안개처럼 가볍고, 따뜻했다. 쉬리는 천장을 바라보며, 자신이 지금 어디에 있는지, 무엇을 해야 하는지, 다시 떠올리고 있었다. 그의 눈동자엔 다시금 현실의 그림자가 스며들었다.

"…하느님의 응답, 언제쯤 올까?"

쉬리가 조용히 말했다. 나리는 쉬리의 심장 소리를 따라가듯 눈을 감고 있다가, 천천히 눈을 떴다. 나리는 쉬리의 어깨에 얼굴을 묻은 채, 살짝 웃었다.

"응, 올 거야. 걱정하지 마. 그런데-"

나리는 몸을 조금 일으켜 쉬리의 눈을 바라보았다.

"이렇게 계속 신경 쓰이고 기다리기 어려우면."

나리는 이불을 끌어당기며 말했다.

"점 보러 가볼래?"

나리의 말에 쉬리는 눈을 동그랗게 뜨고 그녀를 바라보았다.

"점…. 보러 가자고?"

"응. 점. 무당한테."

나리는 웃으며 말했다. 약간 장난기가 서린 얼굴이었다. 쉬리는 멈칫했다.

"…잠깐만…. 그거 미신 아니야?"

쉬리는 당황스러운 듯했다.

"응, 미신 맞아. 하지만 미신도 일종의 신앙이야. 무속은 이 땅에서 가장 오래된 신을 향한 언어야."

쉬리는 나리를 잠시 멍하니 바라보았다. "…나리 너는 수녀잖아. 천주교 수녀가…. 그렇게 말해도 되는 거야?"

"왜 안 돼?"

나리는 가볍게 되물었다. 쉬리는 되려 말문이 막혀 아무 말도 하지 못했다.

그 순간, 쉬리는 문득 나리와의 과거가 자연스레 머릿속에 떠올랐다.

나리는 옛날에도 그랬었다. 비가 내리던 늦여름, 허름한 점집 앞에서. 쉬리는 그날의 나리를 기억했다.

나리가 수녀복을 입기도 전이었고, 자유로워 보였던 시절이었다. 그러면서도 이상하게 나리의 눈빛 속엔 언제나 뭔가를 그리는 듯한 느낌이 있었다. 아마 그건, 자신이 걸어야 할 길을 이미 알고 있는 사람만이 가진 눈빛 같았다.

"여기서도 뭐랬는지 알아?"

나리는 점집을 나오며 그랬다.

"난…. 나중에 수도원에 들어가서, 세상에서 제일 고독한 사랑을 하게 된대."

쉬리는 쓸쓸하게 웃었다. 나리도 함께 웃었다. 하지만 나리의 눈은 빛났고, 그녀의 입속에서 흘러나온 말은 단단했다.

"근데 이상해. 난 그게 싫지 않아."

나리는, 그런 여자였다.

사주팔자를 점처럼 믿고, 운명을 받아들이면서도, 스스로 그 운명을 선택했다고 믿는 사람. 그리고, 그 모든 역설 속에서도 나를 사랑했던 사람. 쉬리는 알고 있었다. 그녀에게 신은, 점쟁이의 말이었고, 점쟁이의 말은, 신의 입김일 수밖에 없을 거라는 걸.

"모든 종교의 시작은 미신에서 시작됐어."

나리는 작은 숨을 내쉬며 몸을 움직여 창밖으로 고개를 돌렸다. 새벽의 어둠 너머로 별빛이 점처럼 깜빡이고 있었다.

"인간이 가장 먼저 신을 느낀 건, 자연 앞에서였어. 번개가 치면 하늘에 신이 있다고 믿었고, 가뭄이 들면 비의 신에게 빌었지. 그게 미신이고, 원시 신앙이었어. 그런데 그 믿음들이 세월을 거치면서 신화를 만들고, 체계를 갖추고, 경전이 생기고, 결국 종교가 된 거지."

쉬리는 그 말을 가만히 들었다. 나리는 다시 시선을 돌려 쉬리를 바라보았다.

"불교도 처음엔 석가모니 한 사람의 깨달음에서 시작됐고, 기독교도 예수가 하나님의 아들이라는 믿음에서 시작됐어. 이슬람은 무함마드가 천사로부터 계시를 받았다고 말하면서 시작됐고. 그 모든 것의 뿌리는 사실…. 과학적으로 증명되지 않은 신비한 체험들이었어."

쉬리는 여전히 말이 없었고, 나리는 고요한 눈빛으로 말을 이었다.

"그래서 나는 무속 신앙을 인정해. 거기에도 인간의 공포, 소망, 죄책감과 용서에 대한 갈망이 담겨 있으니까."

나리는 조용히 숨을 골랐다.

"그래서 난 생각해."

나리는 계속 말했다.

"그렇게 종교는 같은 뿌리에서 서로 다르게 발전해서 지금은 다른 방식으로 같은 진리를 갈망하고 있다는 거야. 그건 서로를 배척할 이유가 아니라, 존중해야 할 이유지 않을까."

그녀의 눈빛은 말할 수 없이 조용하고, 또 단단했다.

"모든 종교는 인정받아야 해. 신이 하나든 여럿이든, 결국 모든 종교는 인간의 마음에서 시작돼. 우리가 무엇을 믿는지보다, 그 믿음이 어떻게 사람을 바꾸는지가 더 중요하다고 생각해."

나리는 이불을 조심스레 끌어 올리며 말을 이었다.

"신을 향하는 길이 여러 갈래여도, 진심으로 걷고 있다면 결국 도달하는 곳은 같다고 믿어. 그래서 모든 종교는 존재 자체로 인정받아야 해. 그건 진리로 가는 길들이기 때문이니까."

쉬리는 나리의 옆모습을 가만히 바라보았다. 수녀복을 입지 않은 그녀는, 성스럽게 느껴졌다.

"종교는 국가와 비슷하다랄까."

나리는 창밖으로 시선을 옮기며 말을 이어갔다.

"모두 같은 인간이지만, 태어난 장소가 다르고, 사용하는 언어가 다르고, 법과 문화가 달라. 종교도 마찬가지야. 신을 향해 가는 길은 다를 수 있어. 언어가 다르고, 예배 방식이 다르고, 경전이 다를 수 있으니까. 하지만 그 안에 담긴 마음은…. 본질적으로 인간이 가진 어떤 갈망에서 비롯된 거야."

나리는 다시 고개를 돌려 쉬리를 마주 보았다.

"만약 세상의 모든 나라가 같은 헌법을 가진 단 하나의 국가로 통일된다면, 그게 평화일까? 아니야. 오히려 다양성이 사라진 세상이겠지. 그러면 세상이 발전하기 어려울 거야. 종교도 그래. 중요한 건 다름을 인정하고, 서로를 이해하려는 태도야."

나리는 짧게 숨을 고르고는 조용히 덧붙였다.

"하느님은 우리가 누구의 이름으로 기도하는가 보다는, 우리가 얼마나 진심으로 누군가를 위하려 하는지를 더 중요하게 보시지 않을까?"

잠시 정적이 흘렀다. 쉬리는 아무 말도 하지 않았다.

"저기 하늘에 떠 있는 별들 보이지?"

나리는 창밖 별빛을 가리키며 말했다. 쉬리의 짙고 검은 눈동자가 나리의 손가락이 향하는 방향으로 움직였다.

"우리에겐 하나의 점처럼 보이지만, 사실은 수많은 별이 모여 있는 것일 수도 있어. 멀리 떨어져 있어서 그렇지, 가까이 가면 그 안에 수십, 수백 개의 별이 있을지도 몰라. 종교도 비슷하다고 생각해. 우리는 지금 각자 다른 하나의 빛만 내는 것처럼 보일 뿐이야. 불교, 기독교, 이슬람…, 그리고 무속 신앙. 전혀 다른 방향처럼 느껴지지. 하지만, 훨씬 더 멀리서, 훨씬 더 깊은 시선으로 보면…. 모두가 하나의 빛을 내는 건 아닐까?"

나리는 은은한 미소를 띤 채 말했다.

"…나리 너, 그 말 어디서 본 거야?"

쉬리는 그녀를 바라보며 말했다. 나리는 조용히 속삭이듯 답했다.

"밤하늘의 별빛을 보며 누워 있을 때, 그런 생각이 들더라고."

쉬리는 가만히 창밖의 창백한 빛을 바라보았다. 빛은 고요했지만, 확실하게 방 안을 조금씩 밝히고 있었다. 그제야 쉬리는 천천히 입을 열었다.

"역시…. 백나리 엘지바 수녀님이네…."

"칭찬이지?"

나리는 작은 소리를 내며 웃으며 말했다. 쉬리는 약간의 미소를 띠며 고개를 가로저었다.

대화는 이제 잦아들었고, 침실엔 다시 고요가 내려앉았다.

나리는 무릎을 끌어안은 채, 한참 동안 창밖을 바라보다가 이불 위로 시선을 돌렸다. 쉬리는 여전히 생각에 잠긴 듯, 어딘가 먼 곳을 응시하고 있었다.

나리는 조용히 숨을 들이켰다. 그렇게 잠시 숨을 고르던 나리는 이불 위에 무릎을 꿇고는 살며시 엎드렸다.

"나 다시 안아줄래…?"

나리의 말에 쉬리는 천천히 시선을 내려다보았다. 쉬리는 그녀의 등을 감쌌다. 그리고 두 사람 사이엔 다시 말 없는 기도가 흐르기 시작했다.

*

성당의 아침이 밝았다. 아침 햇살은 금실처럼 뻗어 나와 성당 마당을 부드럽게 감싸고 있었고, 바람은 자장가처럼 불어와, 전날의 흔적을 감싸안은 듯 모든 걸 고요히 덮고 있었다. 마당 한편에는 가지가 길게 늘어진 버드나무가 조용히 서 있었고, 이슬 맺힌 잎들이 햇살에 반짝이며 은은한 그림자를 드리우고 있었다.

나리는 여느 때처럼 일찍 일어나 마당에 나섰다. 그녀의 손에는 오래된 빗자루가 들려 있었고, 하얀 수녀복 자락은 아침 이슬을 가르며 낙엽 위를 스쳤다. 그녀의 걸음마다 바스락, 바스락. 말없이 낙엽을 쓸어내는 움직임이 마치 기도처럼 반복됐다. 그 손끝은 경건하고, 부드러웠다.

그때, 저편에서 아이들의 해맑은 웃음소리가 들려왔다.

"엘지바 수녀님!"

어린 목소리 하나가 들리자마자, 아이들이 마치 약속이나 한 듯 후다닥 달려왔다.

"수녀님!"

"안녕히 주무셨어요~!"

"와~ 수녀님 냄새 너무 좋아~"

아이들이 앞다퉈 나리의 품에 안겼다. 어떤 아이는 허리를 꼭 끌어안았고, 어떤 아이는 나리의 가슴에 얼굴을 묻었고, 또 어떤 아이는 치맛자락을 꼭 붙잡았다. 나리는 아이들의 힘에 잠시 기우뚱하더니, 빗자루를 내려놓고는, 곧 곱고 환한 웃음으로 아이들을 감싸안았다.

"잘 잤니? 우리 현동이, 민석이, 경화…."

나리는 아이들의 얼굴을 한 명 한 명 들여다보며 사랑이 가득한 눈빛으로 말했다.

"우리 예쁜이들, 오늘도 착한 꿈 꾸고 일어났어?"

그녀의 손길은 조심스럽고도 다정했고, 말투는 따뜻한 바람 같았다. 나리의 숨결은 차분했고, 마음속 가장 깊은 곳에서 흘러나온 듯했다.

"네! 그런데 희라는 어제 잠 잘 못 잤다고, 지금 늦잠 자고 있대요~"

작은 남자아이가 장난기 어린 목소리로 속삭이듯 말했다.

"공붓벌레 희라가 또 늦게까지 책을 붙잡고 있었나 보구나~"

나리는 잔잔하게 웃었다. 그 미소는 마치 아침 햇살에 녹아드는 이슬처럼 조용하고 따뜻했다. 어젯밤, 어둠 속에서 쉬리의 품에 안겨 있었던 여자의 얼굴이 있었다면, 지금 나리의 얼굴엔 아침의 기도처럼 고요하고도 자애로운 온기가 머물러 있었다. 그녀의 숨결은 연약한 열기를 지나, 어느새 세상의 모든 것들을 다 품을 듯한 수녀의 품이 되어 있었다.

"뭐 역사책 보던데…. 저는 수녀님이 역사 알려주세요~"

작은 남자아이는 나리의 치맛자락에 얼굴을 묻으며 말했다. 그 손길엔 안도감이, 그 말끝엔 천진한 믿음이 담겨 있었다. 나리는 그 아이의 머리를 쓰다듬으며 부드럽게 웃었다.

어젯밤, 나리는 여자였다. 사랑하는 이의 품에 안겼다. 그러나 지금, 그녀는 누구보다도 평온하고 순한 수녀였다. 햇살은 그녀의 어깨 위에서 부드럽게 춤추고, 아이들은 그 따뜻한 품속에서 아무런 두려움 없이 웃고 있었다. 이 순간만큼은 세상의 모든 아픔이 멀어지고, 오래된 동화 속, 성화의 한 장면 같았다.

쉬리는 얇은 커튼 사이, 창밖으로 이 모습을 지켜보고 있었다. 흰 수녀복 자락이 바람에 흩날리는 모습은 한 폭의 수묵화 같았고, 아이들이 나리의 품에 안기는 순간마다 무언가…. 마음 한구석이 아릿해졌다.

'어젯밤엔, 저 손으로 날 끌어안았었지.'

쉬리는 어젯밤 장면이 떠올랐다. 뜨겁고 숨 가빴던 감각들. 그러나 지금, 그랬던 나리의 손이 아이들의 머리를 쓰다듬고, 나리의 품이 아이들을 안고 있었다.

쉬리는 조용히 웃었다. 그저 설명할 수 없는 복합적인 여러 감정이 섞인 미묘한 웃음이었다. 수녀복의 자락이 햇살에 물들고, 아이들의 웃음소리가 성당 마당을 메웠다. 그리고 쉬리는 생각했다. 잠시 후면 이 수녀와 함께 점을 보러 간다. 어울리지 않는 단어였다. 익숙하지 않은 감정이었다.

6장

총

10월 25일, 2019년

"로렐라이."

용민은 잠시 숨을 고른 뒤, 오래된 이야기를 꺼내려는 듯 심호흡을 했다.

"이건 그냥 예전 이야기가 아니야. 우리가 지금 목전에 둔 사건은…. 대한민국의 역사 그 자체일 수도 있어."

용민의 말에 로렐은 조용히 용민의 앞에 앉아, 코코아가 담긴 잔을 두 손으로 감싸 쥐었다. 따뜻한 코코아가 담긴 잔은, 그녀의 손끝을 은은하게 덥히고 있었다. 이처럼 그녀의 마음은 코코아처럼 식지 않은 물음들이 있는 듯했다.

"1979년 10월 26일. 그날, 대통령이 죽었어. 박정희 대통령. 육군 중장 출신이었고, 1961년 5.16 군사 정변을 일으켜 권력을 잡은 인물이야. 1979년은 그가 집권한 지 18년이 되던 해였지."

용민의 눈빛이 창밖을 스쳐 흘렀다. 어두운 하늘 저편 어딘가에, 오래전 총성이 남긴 메아리가 들리는 듯했다.

"그날 밤, 장소는 궁정동 안가. 원래는 청와대보다 더 은밀하게 운영되던 고급 요정 같은 곳이었어. 박 대통령은 자주 그곳에서 최측근들과 술자리를 가졌지. 중앙정보부장 김재규도 그 자리에 있었고."

"…중앙정보부…."

로렐은 편지에 써진 중앙정보부를 바라보며 되새겼다.

"김재규가…. 총을 쏜 거죠?"

로렐은 용민을 보며 말했다.

"그래. 그는 그 자리에서, 박 대통령과 차지철 경호실장에게 총을 겨눴어. 둘 다 현장에서 사망했지. 김재규는 박 대통령과 수십 년을 함께해 온 가장 가까운 부하였지."

"그렇다면…. 편지에 나온 것처럼 자유민주주의를 위해서, 독재자를 심판하기 위해서 김재규가 박 대통령을 죽인 거예요?"

로렐은 눈동자엔 묘한 연민이 섞여 있었다.

"그건…. 좀 애매한 것 같아."

용민은 말을 고르듯 한참을 침묵하다가, 다시 입을 열었다.

"그건 표면적인 이유일 수도 있어. 김재규는 재판에서 대한민국의 민주주의를 회복시키기 위한 결단이라고 했지. 유신체제하에서의 언론 탄압, 긴급조치, 장기 집권…. 김재규는 그걸 민주주의의 파괴라고 느꼈다고 해. 그런데, 개인적인 감정도 있었을 거야. 김재규는 박 대통령에게 무시당하고, 차지철같이 자신보다 새파랗게 어린 사람에게도 모욕받고 눌려 있었거든."

그는 고개를 살짝 떨구었다. 마치 그 감정을 직접 느꼈던 사람처럼, 아니면 그 시대에 무언가를 잃어버린 사람처럼.

"여러 복합적인 감정이 쌓인 거네요…."

"그래, 어쩌면 김재규의 결단은 매우 인간적인 결단이었어. 믿었던 군주가 독재자가 되어버렸고, 그를 막아야 할 사람이 자기밖에 없다고 느낀 거지. 그게 정의감일 수도 있고, 사심일 수도 있는 거지."

용민의 말에 로렐은 자신의 눈앞에서 컵 속의 김이 조금씩 사라지는 것을 바라보았다. 역사는 그렇게, 한 잔의 차처럼 식어가는 것일까.

"그 일이 벌어진 게 10월 26일이군요. 바로 내일…. 그래서 그 편지가 온 거군요."

로렐은 편지를 바라보며 말했다.

총을 잘 챙기라는 문장.

대통령을 암살할 계획이라는 지시.

그리고 하느님께 도움을 구하던, 신을 믿지 않던 박쉬리의 담담하면서도 절박해 보이는 글씨체.

"그래. 우리가 이 편지를 받은 이유는…. 이 사건을 해결하기 위해서야."

용민은 조용히 로렐의 시계를 훔쳐다 보았다. 초침이 고요하게, 그러나 빠르게 시간을 긋고 있었다.

"그러면…. 우리가 해야 할 일은 뭐예요?"

로렐이 용민에게 물었다. "박쉬리라는 사람이 뭘 정확히 원한다고 하지 않았잖아요."

"내가 예상하기로는…."

용민은 낮은 목소리로 말했다. 그러면서 바지 주머니에서 주섬주섬 뭔가를 꺼내려고 했다. 하지만 잘 꺼내지지 않는 듯했다. 그의 손이 더듬거리며 주머니 안쪽을 더 파고들었다.

결국, 엉거주춤한 자세 끝에 용민은 주름진 종이 뭉치를 꺼내 들었다. 조심스럽게 펼쳐지는 종이 위에는 오래된 총기 사진과 함께 그에 대한 설명이 적혀 있었다.

"박 대통령을 쏜 총을…. 40년 전으로 보내는 거다."

용민은 사진에 나온 총을 손가락으로 가리키며 말했다.

"네? 총이라고요?"

로렐이 놀라며 되물었다. 용민은 고개를 끄덕였다.

"그래, 거사에 성공하기 위한 방아쇠는 박 대통령을 죽인 가장 직접적이면서도 직관적인 물건. 이 총밖에 없어."

용민은 사진에 나온 총을 다시 한번 손가락으로 두드리듯 짚으며 말했다.

"총을 훔쳐야 해, 로렐라이. 그걸 가져와서 우편함을 통해 1979년 10월 26일로 보내는 거야."

"총을…. 사람을 죽이는 총을…."

로렐은 잠시 말을 잇지 못한 채, 조심스러운 표정으로 용민을 바라보았다.

"내가 몇 가지 조사해 봤는데, 박 대통령을 쏜 총은 사실 하나가 아니었어."

용민은 종이 뭉치 자료를 뒤적이며 말했다.

"네? 그럼 두 자루였나요?"

로렐의 눈이 커졌다.

"그래, 처음 김재규가 꺼낸 건 발터 PPK. 007이 쓰는 바로 그 총. .32 ACP 할로 포인트 탄환이 장전돼 있었지."

용민은 두 손으로 권총을 쥐는 흉내를 냈다.

"탕! 첫 번째 발은 옆에 있던 차지철을 쏘고, 탕! 두 번째 발은 박 대통령의 오른쪽 가슴에 쐈어. 하지만 오른쪽 가슴에는 폐만 있기 때문에 바로 죽지 않을 가능성이 높았지. 그래서 확인 사살을 하려고 했는데, 문제는 그다음이었어."

"문제요?"

로렐은 몸을 살짝 앞으로 기울였다.

"PPK가 격발 불량을 일으킨 거야. 원인은 명확하지 않아. 오래된 총기라서일 수도 있고, 단순한 오작동일 수도 있고."

용민의 목소리는 묘하게 낮아졌다.

"그래서 김재규는 바깥으로 나와 부하의 권총인 스미스 앤 웨슨 M36 리볼버를 가지고 왔어."

"스미스 앤 웨슨 M36 리볼버…. 이름 멋지네요…. 회전식 탄창이 있는 총이죠?"

로렐은 조금 입을 벌린 채 상상하듯 말했다.

"그래. 김재규는 부하에게서 가져온 그 리볼버로 박 대통령의 머리를 쐈어. 그게 막타였지. 그 총성으로 비틀거리던 유신체제는 막을 내렸어."

용민은 낮은 목소리로 말했다.

"그래서…. 저는 뭘…. 어떻게 해야 하는 거죠?"

로렐의 표정은 복잡해 보였다. 창밖으로 달빛이 흐르고 있었다. 바람이 지나간 자리엔 버들잎 몇 장이 흔들리고, 용민의 얼굴엔 익숙한 고민의 그림자가 스쳤다. 용민은 천천히 숨을 내쉬었다.

"내가 조사해 본 결과, M36 리볼버는 행방이 묘연해. 군 내부에서 돌고 돌다가, 기록이 사라졌어. 찾을 수가 없지. 하지만, 발터 PPK는 국립과학수사연구원 지하 유물실에 있다는 소문이 있어."

용민은 종이 뭉치 자료를 로렐에게 더 펼쳐 보이며 말했다. 국과수 지하 유물실 설계도였다.

"정말인가요?"

로렐은 용민의 정보력에 놀란 표정을 지었다. 물론 용민은 지금까지 편지가 오면 조사를 먼저 한 뒤, 로렐에게 알려주는 역할을 해왔었다. 하지만 이번에는 편지를 받고 자료를 조사할 시간이 매우 짧았다. 마치, 이러한 편지가 올 것을 미리 알고라도 있었다는 듯.

"기록에 따르면, 지하 유물실에 있는 총기 번호는 159970이야. 하지만 박 대통령을 암살한 권총은 159270으로 알려져 있지."

용민은 자료에서 총 사진 아래에 적힌 글씨를 손가락으로 가리키며 말했다.

"…번호가 다른데요."

로렐은 눈을 가늘게 떴다.

"그래, 나도 처음엔 비슷한 총기 번호를 착각해서인 줄 알았어."

용민은 잠시 말을 멈추고, 창밖의 바람결을 바라보았다.

"근데, 보면 볼수록 9가 2로 보이더라고,"

용민의 말에 로렐은 의아한 눈으로 용민을 쳐다봤다.

"아무래도…. 시간이 흘렀기 때문에…. 기억도, 기록도, 각인도 시간 속에서 변형된 거로 생각해."

용민의 표정엔 슬픔이, 아련함이 묻어 있었다. 마치 과거 어느 한 장면을 생각하는 것 같았다.

"그래. 난 국과수 지하 유물실에 있는 총이 박 대통령을 암살한 총이 맞다고 봐. 아니, 맞다고 믿어야 해. 시간은 흐르고, 진실은 바래고, 우리가 붙잡을 수 있는 건…. 결국 의심 속의 확신뿐이거든. 그러니까."

용민은 말끝을 흐리며 로렐을 바라봤다.

"그 총…. 로렐라이 네가 꼭 훔쳐서 가지고 와야 해."

로렐은 한동안 대답하지 않았다. 탁자 모서리에 손끝을 얹은 채, 한참을 움직이지 않았다. 새벽의 정적만이 방 안을 채우고 있었다.

"…정말 그래야만 해요?"

그녀는 마침내 입을 열었다. 목소리에는 망설임이 가득했고, 그 안엔 깊은 윤리적 질문이 있는 듯했다.

"응?"

"그 총을 훔치면, 그 총은 40년 전, 1979년으로 가게 되겠죠. 그러면 결국 누군가, 그걸로 누군가를 죽이게 되잖아요. 그러면 난…. 그 사람의 손에 총을 쥐여준 셈이 되는 거고…. 그게…. 맞는 일인가요? 사람이 죽는 일인데요?"

로렐은 용민을 바라보며 떨리는 목소리로 말했다. 그녀의 얼굴에는 뭔가 하소연하는 듯한 처연한 느낌이 담겨 있었다.

용민은 그런 그녀를 바라보며 천천히 고개를 끄덕였다. 그리고 답했다.

"훔치지 않으면…. 훔쳐야만…. 역사가 어그러지지 않아."

그의 목소리는 담담했지만, 동시에 단호했다. 그러자 로렐은 빠르게 말을 이었다.

"아저씨가 그때 그랬잖아요. 이건 양자역학의 세상이라고."

"…."

"어느 세계가 진짜인지, 관측되기 전까진 결정되지 않았다고요. 그런데 지금 우리가 사는 이 세상은…. 이미 박 대통령이 죽은 뒤의 관측된 결과 아닌가요? 만약 총을 훔쳐서 보내지 않는다고 하더라도…. 박 대통령이 죽는 결과가 아닌가요?"

로렐은 입술을 깨물며 말했다.

용민은 잠시 침묵했다. 그리고 용민의 눈빛이, 순간 먼 곳을 떠올리는 듯 흐려졌다. 그러고는 조용히 입을 열었다.

"그래, 네 말이 맞다. 로렐라이. 그런데 양자역학에서 말하는 다세계 해석이 있어."

용민은 반대쪽 바지 주머니에서 오래된 백 원짜리 동전을 꺼냈다.

"세상은 동전이 앞면이 나올 수도 있고, 뒷면이 나올 수도 있지. 근데 양자역학에선 이걸 이렇게 본다. 앞면이 나온 세계와 뒷면이 나온 세계- 둘 다 존재한다는 거야. 다만 우린 그중 하나를 관측할 뿐이지."

용민은 동전을 손가락 위에서 굴렸다. 은은한 금속성 소리가 침묵을 가르며 퍼졌다.

"우리가 총을 보내면, 총이 도착한 세계가 관측되는 거야. 중앙정보부가 그 총을 손에 넣고, 대통령을 쏘는 선택을 하게 될지도 모르지. 근데 우리가 보내지 않으면…."

그의 손에 든 동전이 탁자에 떨어졌다.

"또 다른 세계가 관측되겠지. 총이 보내지지 않는 세계. 하지만 역시 관측하지 않았기에 무슨 일이 벌어질지는 몰라. 대통령이 살아남을 수도 있고, 아닐 수도 있지."

바닥에 떨어진 동전은 요동치고 있었다. 결정되지 않은 세계처럼, 멈추지 않은 시간처럼.

"대통령이 죽지 않는 다른 평행 세계가 관측될 수도 있다는…. 건가요?"

로렐은 작고 떨리는 목소리로 말했다.

"그렇지. 그게 양자역학의 무서운 점이야. 무엇이 옳고, 무엇이 정해졌는지는 끝까지 관측될 때까지는 아무도 몰라."

로렐은 한동안 말이 없었다. 땅에 떨어진 동전을 바라보았다. 백 원짜리 동전은 비틀거리며 쓰러질 듯 말 듯 아슬아슬하게 돌고 있었다. 그녀는 조용히 창밖을 바라보았다. 여전히 새벽의 어둠이 내리깔려 있었다. 그리고 다시금 입을 열었다.

"그런데, 아저씨 왜, 이렇게 단호해요? 평소 아저씨답지 않아요…."

용민은 그 말을 듣고 한참 동안 눈을 감았다. 그리고 다시 천천히 떴다.

"왜냐하면…. 나는 그 시절을 산 사람이니까."

그 말은 낮게, 그러나 깊고 무겁게 떨어졌다. 로렐은 숨을 멈춘 듯, 말없이 용민을 바라보았다. 그가 던진 짧은 고백은 오래된 비명 같았다.

"난…. 그 시절에 아무것도 하지 못했어. 40년 전, 그 시절에…."

용민의 목소리는 파문처럼 퍼졌다. 그 말은 과거에서 온 한 줄기 안개처럼 방 안을 가득 채우고, 창밖 어둠과 겹쳐져 침묵을 더욱 짙게 만들었다.

그는 말없이 시선을 떨구었다가, 다시 로렐을 바라보며 입을 열었다.

"과거가 현재를 도왔으니…. 이번에는 현재가 과거를 돕고 싶어."

그 말은 힘주어 말하지 않았지만, 그 안에 담긴 감정은 무겁고도 선명했다. 누구에게 내보이기 위한 명분이 아니라, 스스로를 향한 고백이었다. 그 말 한마디가 그의 지난 시간을 대신해 주는 듯했다.

로렐은 그저 바라보았다. 아무 말도 하지 못한 채. 그리고 조용히 고개를 돌렸다. 창밖에는 별빛이 깨어 있었다. 누군가에게는 오래전 꺼졌을 별, 누군가에게는 아직 도달하지 않은 빛. 그 빛들 사이 어딘가, 40년 전의 시간이 흘러가고 있는 듯했다.

그녀의 긴 속눈썹이 떨렸다. 그 떨림은 차가운 바람에 흔들리는 잎새 같기도 했고, 무언가 깊은 결정을 앞둔 이의 심연 같기도 했다. 감정이 하나둘, 내면에서 천천히 피어올랐다. 두려움과 슬픔, 혼란과 연민, 그리고…. 작고 단단한 무언가.

로렐은 탁자 앞, 식어가는 코코아 잔을 두 손으로 잡고는, 말없이 있었다. 마치 기도를 드리는 사람처럼. 세상의 소음이 사라지고, 시간도 잠시 멈춘 듯한 고요였다.

그녀는 아무 말 없이 오래도록 앉아 있었다. 그러나 그녀의 안에서는 무언가가 아주 천천히, 그러나 분명하게 움직이는 것 같았다.

그녀는 움직이지 않았다. 새벽의 어둠이 서서히 엷어졌고, 창가에는 여명처럼 부드러운 빛이 번져왔다. 하늘은 검푸른 빛에서 짙은 회색으로, 다시 옅은 주홍빛으로 물들었다. 방 안엔 새벽 공기의 서늘함과 아침 햇살의 따스함이 동시에 머물렀고, 그 사이 로렐의 눈빛에는 조용한 울림이 차오르는 것 같았다.

그녀는 이제는 식어버린 코코아 잔에서 손을 뗐다. 식지 않은 물음이 식은 답을 주고 있었다.

그녀는 천천히 숨을 들이쉬었다. 그리고 아주 작게, 눈을 감았다가 떴다. 그러고는 자신의 손을 바라보았다.

손안에는 지금 아무것도 없었다. 하지만 로렐은 알 수 있었다.

이제 곧, 자신이 무언가를 쥐게 되리라는 걸. 그건 단지 총이라는 물건이 아니라, 한 세상을 위한 길일지도 몰랐다.
　그녀의 어깨에, 창밖에서 흘러 들어오는 아침 햇살이 내려앉았다.

10월 25일, 1979년

 쉬리와 나리가 도착한 곳은 광주의 깊은 산속, 나무들 사이에 숨듯 자리한 작은 집이었다. 구불구불한 산길을 따라 한참을 올라가자, 숲이 점점 빽빽해지며 세상의 소음을 모두 삼켜버린 듯했다.
 그 집은 낮은 기와지붕을 이고 있었고, 지붕 위로는 가을 햇살이 부드럽게 내려앉았고, 처마 밑에 웅크린 고양이 한 마리가 눈을 반쯤 감은 채 졸고 있었다.
 겉보기엔 그저 산속의 작은 집이었지만, 그 앞에 다다르자 공기는 묘하게 달라졌다. 나뭇잎 사이로 스며드는 햇살은 말없이 무언가를 감추는 듯했고, 숲의 숨결조차 조용히 멈춘 것처럼 느껴졌다.

간판은 없었지만, 문엔 노란색 바탕에 빨간 글씨의 부적이 덕지덕지 붙어 있었다. 문 위에는 해바라기 말린 것들이 주렁주렁 매달려 있었고, 그 곁으로는 담쟁이덩굴이 기묘하게 흘러내렸고, 화분엔 금잔화가 무성히 피어 있었다. 그리고 기묘한 냄새가 났다. 무화과 말린 것과 오래된 책, 그리고 은은한 향나무 냄새가 섞인 것 같았다.

쉬리는 나리의 옆모습을 바라보았다. 점집 앞에 서 있는 수녀. 묘한 역설이었다. 나리는 고요히 서 있었지만, 그 모습은 어딘가 균형을 어긋낸 퍼즐처럼 쉬리의 눈엔 낯설고 묘했다.

나리가 얼굴을 돌려 쉬리를 바라볼 때, 그 얼굴에는 아무것도 담겨 있지 않은 듯하면서도 너무 많은 것을 알고 있는 사람의 평온이 스쳐 지나갔다.

"이런 곳은…. 어떻게 알았어?"

쉬리가 물었다.

나리는 대답 대신 조용히 미소를 지었다. 그 미소는 마치 오래된 편지를 다시 접는 손끝처럼 조심스럽고, 낙엽이 바람 따라 흩날리는 소리처럼 은근했다.

가을 햇살이 창호지를 스치며 얼굴에 드리우자, 그녀의 미소엔 작은 그림자가 어른거렸다. 무언가를 아는 사람만이 지을 수 있는, 혹은 오래전부터 알고 있었던 사람만의 표정이었다. 나리의 눈동자 안에는 말하지 않은 오래된 이야기들이 숨 쉬고 있는 것 같았다. 금단의 비밀 같기도 하고, 잊힌 약속 같기도 한, 그녀의 미소는 대답이 아니라, 하나의 문이었다.

나리는 문 앞에서 종을 조심스레 울렸다.

딸랑-

작고 맑은 종소리가 숲속을 타고 은밀하게 퍼졌다. 그러자 오래된 문이 저절로 열렸다. 삐걱, 쇳소리가 들리지 않게 조심스레 밀어낸 듯한 움직임이었다. 쉬리는 무의식적으로 숨을 삼켰다. 그 문 안쪽에는 작은 마당이 펼쳐져 있었고, 그 풍경은 오래된 꿈속 장면처럼 기묘했다.

짧게 깎인 잔디 위에는 낙엽이 조용히 내려앉아 있었고, 마당 한쪽에는 작은 연못이 있었다. 연못 위엔 부유물처럼 떠 있는 돌다리가 놓여 있었고, 그 위로 고양이 한 마리가 소리 없이 지나갔다. 연못에는 한 그루 석류나무가 자라고 있었는데, 벌겋게 터진 열매 틈으로 검은 까마귀가 날아들다 이내 사라졌다. 기이하게도 마당엔 바람이 불지 않았지만, 담쟁이 잎은 천천히 흔들리고 있었다. 마치 그들만의 시간에 따라 움직이는 것처럼.

쉬리는 조용히 나리의 발걸음을 따라갔다. 낯선 기운이 피부를 스치고 지나가는 것 같았다. 뭔가 설명할 수 없는 감각이었다. 그리고 그들 앞에 놓인 작은 현관문, 도배처럼 덕지덕지 붙은 부적들 사이로, 문고리 하나가 조용히 반짝였다. 나리는 그 문고리에 손을 얹었다.

찰나의 정적이 흘렀고, 바로 그 순간- 희미한 바람이 마당을 스쳤다. 아니, 바람 같은 무엇. 그 바람은 누군가의 숨결 같기도, 오래된 메아리 같기도 했다. 쉬리는 등줄기를 타고 흐르는 싸늘한 느낌을 느끼며 본능적으로 주변을 둘러보았다. 그러나 나리는 그런 기척을 아는 듯 모르는 듯, 조용히 현관문을 열었다.

그 순간, 안쪽에서 서늘한 기운이 그들을 맞이했다.

점집 내부는 겉모습보다 훨씬 깊고 조용했다. 한낮의 빛이 창호지를 통해 퍼져 나왔고, 종이 등 안에서 작은 먼지들이 춤추듯 떠다녔다. 가을 햇살은 안쪽까지 닿지 못했고, 담쟁이넝쿨이 드리운 작은 창으로 가을빛이 스며들고, 연한 향냄새가 공기 중에 가라앉아 있었다.

그리고 점쟁이는 천으로 얼굴을 어렴풋이 가리고 앉아 있었다. 오래전부터 그 자리에 있던 것처럼, 숨결조차 미동이 없었다. 숨을 쉬고 있다는 것조차 확신할 수 없을 만큼 침착하고 정적인 분위기였다.

쉬리와 나리는 문턱을 넘었다. 그러자, 점쟁이는 눈을 감은 채, 처음부터 그들이 올 것을 알고 있었다는 듯, 나직하게 말했다.

"서로 다른 시간에, 같은 약속을 품은 이들이군요."

그 목소리는 어딘가 따뜻했지만 동시에 이질적이었다. 언뜻 평온한 듯했지만, 그 말 한마디에 방 안의 온도가 순간적으로 낮아지는 느낌이 들었다. 오래된 비밀이 천천히 뚜껑을 여는 소리처럼.

하지만, 그 말이 끝나고 점쟁이의 시선이 나리의 얼굴에 닿은 순간 - 점쟁이의 손끝이 살짝 떨리는 게 보였다. 입가가 미세하게 굳고, 눈이 찰나의 시간 동안 멈칫했다.

그 짧은 정적을 쉬리는 놓치지 않았다. 쉬리는 살짝 고개를 갸웃하며, 나리의 옆모습을 흘깃 바라보았다. 나리는 평소처럼 고요하고 단아하게 미소를 짓고 있었지만, 어딘지 모르게 깊은 수면 아래 감춰둔 파문이 스치는 것 같았다.

쉬리는 눈썹이 미세하게 좁혀졌다.

하지만 점쟁이는 이내 다시 본연의 자세를 되찾고, 부드럽게 손짓하며 쉬리와 나리를 맞이했다. 그 태도는 훈련된 성직자처럼 정확하고 단정했다.

"저희의 미래를…. 볼 수 있는 점을 쳐주세요."

나리가 조용히 입을 열었다. 그녀의 목소리는 가느다랗지만 또렷했고, 그 말에 방 안의 향내가 순간 진해진 듯했다.

점쟁이는 말없이 고개를 끄덕였다. 양초 불빛이 흔들리는 가운데, 점쟁이는 조심스럽게 검은 상자를 꺼냈다. 무늬 없는, 바랜 천에 싸인 그 상자에서는 기묘하게 은은한 향내가 흘러나왔다. 마치 오래전부터 봉인되어 있던 기억이 천천히 피어오르는 듯한 냄새였다.

점쟁이는 천을 풀고, 카드 덱을 들어 올렸다.

"이 타로 카드는…. 전 국민이 즐기게 될 거예요."

점쟁이는 그렇게 말하고는 한 장 한 장 타로 카드를 테이블 위에 펼쳤다. 카드 뒷면은 검은 별들이 빽빽이 수놓아진 밤하늘 같았고, 점쟁이의 손끝이 카드를 쓸며 지나갈 때마다, 짧은 숨소리처럼 작은 바람이 일었다.

"이제, 마음을 담아 한 장씩 뽑아보세요."

점쟁이는 두 사람을 바라보며 말했다.

쉬리가 잠시 망설이다가 한 장을 골랐다. 그때, 나리의 손이 쉬리의 손등 위에 포개졌다.

"어? 나도 이 카드 뽑으려고 했는데."

나리는 작게 웃으며 말했다. 웃음소리는 작았지만, 방 안의 긴장을 풀기에 충분했다. 쉬리는 그런 나리를 바라보다가, 손을 살짝 뒤로 뺐다.

"…그럼, 나는 이 카드를 선택할게."

쉬리는 다른 카드로 손을 옮기며 말했다. 점쟁이는 조용히 이 장면을 지켜보다가, 나리가 선택한 첫 번째 카드를 뒤집었다.

카드엔 무너진 시계탑이 그려져 있었다.

점쟁이는 카드를 응시하며, 가만히 주문처럼 읊조렸다.

"하나의 길은 시간 속에 꺾이고, 또 하나의 길은 시간 밖에서 열린다…. 그리고 그들이 만나는 곳엔, 이름 없는 숫자들이 흩날린다."

점쟁이의 눈이 카드를 스치자, 바닥의 촛불 그림자가 길게 일렁이며 테이블 위에 숫자 하나를 그려내기 시작했다.

'1', '0', '2', '6', ….

점쟁이는 눈을 감고는 숫자를 쓰기 시작했다.

'102615971909'

쉬리와 나리는 말없이 숫자를 바라보았다.

점쟁이는 이번엔 쉬리가 선택한 두 번째 카드를 뒤집었다. 카드엔 네 개의 해와 두 개의 그림자가 그려져 있었다.

"남남북녀…."

점쟁이는 중얼거리듯 말했다.

"…운명이란, 때로는 암호의 형태로 모습을 드러냅니다."

점쟁이의 목소리는 거의 속삭임에 가까웠다.

"하늘의 계시지만, 이걸 이해하는 것은 당신들입니다."

'102615971909' 그리고 '남남북녀'

숫자는 연대처럼, 시간을 가르는 칼날 같았고 네 글자는 방향처럼, 바람의 길을 가리키는 나침반 같았다.

쉬리는 그 무질서 속에서 희미하게 질서를 읽으려 했다. 그의 눈앞에서, 나리는 여전히 미소 지은 채 카드 위로 내려앉은 한 줄기 햇살을 바라보고 있었다.

둘은 고요히 암호 같은 문구를 바라보았다. 무언가가 이끌고 있었다. 눈에 보이지 않는 실, 혹은 아주 오래전부터 이어진 인연의 잔향이 느껴졌다.

10월 25일, 2019년

 붉게 저문 하늘 아래, 가을바람이 낙엽을 조용히 굴리고 있었다. 바람은 숨을 죽인 채, 말라가는 풀잎의 냄새를 실어 나르고, 저 멀리 산등성이 너머에서는 이름 모를 새가 울고 있었다. 계절의 그림자가 길어지며 세상을 덮고 있을 무렵, 괴도 버드는 그 한복판에 서 있었다.

 해는 산등성이 너머로 서서히 몸을 감추고 있었고, 붉게 물든 대기 속으로 그 마지막 숨결을 토해내듯 빛을 흘렸다. 국립과학수사연구원의 오래된 건물은 그 빛을 등진 채, 땅 위로 길고 묵직한 그림자를 늘어뜨리고 있었다. 마치 시간 자체를 지키는 수문장처럼, 한 치의 움직임도 없이 서 있었다.

 괴도 버드는 아무 말 없이 그 건물을 바라보았다. 짧은 치마의 생활한복이 바람에 살짝 흔들릴 때마다, 그 섬세한 옷자락은 과거와 미래 사이에서 망설이는 인간의 숨결처럼 떨렸다. 그녀의 눈빛은 멀리 있는 무언가를 응시하고 있었다. 그것은 아직 도달하지 않은 미래이면서도, 분명히 알고 있는 과거였다.

이 순간, 그녀는 무대 위의 작은 점에 지나지 않았다. 하지만 그 눈빛만큼은 명확했다. 흔들림 없이 단단했고, 무언가를 깊이 결정한 사람의 눈빛이었다.

지금 괴도 버드의 눈에 국과수는 단순한 과학 시설이 아니었다. 그것은 기억을 잠근 금고였고, 여러 갈래의 시간선이 뒤엉켜 침묵하고 있는 무덤이었다. 그리고 이곳 깊숙한 지하 유물실에 해답 하나가 숨겨져 있음을 알았다. 그 해답은 총이었다. 누군가의 손에서 발사되었고, 또 다른 누군가의 시간을 끝내버린 물건. 그 의미는 이미 오래전에 굳어졌지만, 지금 괴도 버드의 손끝에서 다시 한번 움직일 수 있었다.

괴도 버드는 멀리서 국과수 전경을 바라보았다. 하늘이 점점 어두워지고 있었다. 마치 누군가가 지금, 이 순간을 위해 태양을 천천히 끄듯이. 그 어둠은 서두르지 않았고, 오히려 의식적으로 천천히, 마지막 순간을 연장하는 것 같았다. 하늘은 긴 여운을 남기며, 마지막 빛을 아껴 흘리고 있었다.

그 여운의 끝에서, 괴도 버드는 조용히 숨을 들이켰다. 그 숨결은 차갑고도 선명했다. 그리고 아주 천천히, 망설임 하나 없이 손을 들어 올렸다.

이제 시작이었다. 해답은 이미 정해져 있었다. 이제 그녀는 그

해답에 이르기까지의 모든 과정을, 자신의 손끝으로 써 내려가야 했다. 그 몸짓 안에는 시작도, 끝도, 아직 쓰이지 않은 역사의 문장이 담겨 있었다.

*

오늘 국립과학수사연구원의 지하는 유난히 조용했다. 평소 같았으면 신입 순경 몇이 어설픈 긴장감을 품고 둘러서 있었겠지만, 오늘 그 자리에 있는 건 경미 혼자였다.

불과 하루도 안 된 어젯밤, 국립광주박물관에서 경찰들은 뛰고 또 뛰었다. 누군가는 산길을 오르다 발목을 삐었고, 또 누군가는 기묘한 함정에 빠져 박물관 밖, 산속 오두막에서 하염없이 시간을 흘려보내기도 했다. 경찰들은 모두 지쳐버렸다.

그래서, 경미는 경찰 모두에게 휴식을 주었다. 신입 경찰들은 너나 할 거 없이 기뻐했다. 하이파이브가 여기저기서 터지고, 누군가는 치맥 약속을 하고, 또 누군가는 데이트 약속을 했다.

경미는 그 모습을 보고, 뭔가 묘한 공허가 맴도는 걸 느꼈다. 어제까지는 누구보다 강한 의지로 괴도 버드를 막겠다고 열정에 불탔지만, 오늘은 달랐다. 마음은 자꾸 무너지는 옛 담처럼 기울고, 눈에 보이지 않는 안개 같은 감정이 목을 누르고 있었다.

"오늘은…. 뺏기는 게 맞는 날인가…."

경미는 생각했다. 이상하리만치 평온하고, 감정은 의외로 무뎠다. 어제는 이기려고 달렸지만, 오늘은 이상하게도 지고 싶은 기분이었다.

'과학의 이름으로 봉인된 물건을 물리적 경계에 갇히지 않고, 내 손끝으로 흐르게 하겠습니다. - 괴도 버드 올림.'

경미는 버들잎 예고장을 찬찬히 다시 보았다. 짧고도 우아한 문장. 그녀가 '과학의 이름으로 봉인된 물건'에서 떠올린 건 국립과학수사연구원의 지하 유물실이었다.

경미는 깊은 생각에 잠겼다. 국과수, 유물실, 그리고 그곳에 보관된 수많은 증거…. 그곳은 분명히 수많은 역사의 증거로 가득한 곳이었다.

'유물실에서 무엇을 훔쳐 가려고 하는 걸까.'

경미는 주위를 둘러봤다. 지하 유물실로 오는 길, 그곳의 경비는 최고 수준이었다. 홍채 인식을 통해서 허용된 사람만이 들어갈 수 있었다.

유물실 앞에 도착한 경미는 잠시 숨을 골랐다. 그리고 유물실을 점검하기 위해 철문을 열었다.

안으로 들어서려는 순간, 경미는 잠시 발을 멈췄다. 공기는 차가웠고, 공간은 음침했다. 구석에 조그맣게 뚫린 환풍구를 제외하고는 창문 하나 없이 밀폐된 구조. 처음 와보는 곳인데도 이상하게 낯설지 않았다. 예전에, 아주 오래전 이와 비슷한 공간을 본 적이 있는 듯한 묘한 기시감이 느껴졌다. 하지만 경미는 그 감정을 특별히 의미 두지 않고 담담하게 흘려보냈다.

유물실로 통하는 통로는 이 철문밖에 없었다. 창문 하나 없는 밀폐된 공간이었다. 다만 구석에 작은 환풍구만이 있었지만, 사람은 절대 통과할 수 없는 크기였다.

경미는 유물실 밖에서 유물실 내부로 바늘 하나를 던져 넣었다. 그 순간, 경고음이 요란하게 울렸고, 철문이 자동으로 닫히며 봉쇄되었다. 유물실은 유물실 바닥에서 조금만 무게가 느껴져도 경고음이 울리고, 문이 자동으로 봉쇄되도록 설계되어 있었다.

경미는 고개를 끄덕였다. '이 정도면 괜찮겠지.' 경미는 피식하며 미소를 지어 보였다.

아직 경미는 예고장의 의미를 모두 파악하지 못했지만, 오늘은 왠지 불안하게 느껴지지 않았다. 오히려, 기묘할 만큼 마음이 평온했다. 긴장이 있어야 할 자리에, 묘한 적요와 수긍이 깃들어 있었다.

***

10월 25일, 1979년

102615971909, 남남북녀.

성당으로 돌아온 쉬리와 나리는 멍하니 이 문구를 바라보고 있었다.

"이게…. 무슨 뜻일까…?"

쉬리는 이마를 짚은 채, 숫자들을 가만히 바라보며 말했다.

"혹시 알파벳 순서가 아닐까? 1은 a, 2는 b…. 이런 식으로."

나리는 숫자들을 손가락으로 하나하나 짚어가며 말했다.

"그렇다면 0은 뭘까?"

쉬리가 고개를 갸웃하며 물었다.

"0은 zero니까…. 마지막 알파벳, z가 아닐까?"

나리가 자연스럽게 덧붙였다.

쉬리는 조심스럽게 종이 끝에 펜으로 알파벳을 적기 시작했다.

"그러면…. a, b, c, d…. 이건…. azbfaiziaeig?"

나리는 그 문자를 유심히 들여다보았다.

"아니야, 이건 말이 안 돼. 아무 의미도 없어 보여."

나리는 고개를 절레절레 저으며 말했다.

둘 사이에 잠시 정적이 흘렀다. 성당 안은 조용했고, 유리창 너머 가을 햇살이 길게 드리우고 있었다. 나뭇잎 사이로 바람이 지나가는 소리만이 희미하게 들렸다.

"그럼 혹시 1과 0이 따로가 아니라, 10을 나타내는 걸까? 다음에 2와 6도 각각이 아니라 26을 뜻하고…."

나리는 턱을 괴고 새로운 가능성을 탐색하듯 말했다.

쉬리는 생각에 잠긴 눈으로 바라보다가, 고개를 끄덕이며 다시 종이에 써보았다.

"10은 j, 26은 z…. 그러면 jz, 그리고 15는 o, 9는 I…. hm. jzoi…. 뭔가 말이 될 것 같으면서도 안 되는 조합이야."

쉬리는 손에 든 펜으로 종이를 톡톡 두드리며 고민을 이어갔다.

"그러면…. 혹시 한글 자음 순서는 어떨까? 자음은 열네 개니까, 숫자를 자음으로만 바꾸면…."

쉬리는 다시 곱씹듯 중얼거렸다.

"1은 ㄱ, 2는 ㄴ…. 그런 식이면…. 'ㅊ, ㄴ, ㅂ, ㄱ, ㅈ, 0, ㅈ, ㄱ, ㅁ, ㅈ, ㅅ'이 되는데…."

나리가 중얼거렸다.

"0을 o로 보면. 그나마 모양은 되는데, 어떤 걸 말하는지 감이 안 잡히네."

쉬리는 고개를 갸웃하며 말했다.

"아무래도 뒤에 '남남북녀'도 같이 봐야 할 것 같기도 해."

나리는 손가락으로 그 문구를 가리키며 말했다.

"그럴지도…."

쉬리는 말끝을 흐리며 다시 문구를 들여다보았다. "남쪽, 남자. 북쪽, 여자…. 방향일 수도 있고, 성별일 수도 있고, 또는 아주 고전적인 대비일 수도…."

"사자성어? 아니면 무슨 전통적인 말장난인가?"

나리는 헷갈린 표정을 지어 보였다. "왠지 좌표 같기도 하고, 전화번호 같기도 하고…."

"애너그램일 수도 있어. 숫자들을 재배열해서 새로운 조합을 만들어 내는 거지. 근데…."

쉬리는 종이를 손끝으로 톡톡 두드리며 말했다. "경우의 수가 너무 많아. 순서 하나를 바꿀 때마다 수십 가지가 생겨…."

"혹시 숫자의 윗부분을 가리면…. 혹시 글자처럼 보이진 않을까?"

나리는 숫자의 윗부분을 손으로 살짝 가려보며 말했다. "예전에 쉬리가 나한테 편지 쓸 때 '사랑해.'라는 암호도 그런 식이었 잖아."

그녀가 살짝 웃었다.

하지만 쉬리는 진지한 표정이었다.

"이 숫자에서는 글자가 안 나오는 것 같은데…."

그는 종이를 이리저리 돌려보며 집중하고 있었다. 하지만 여전히 숫자는 침묵하고 있었다.

시간은 점점 흘러, 성당 안의 공기는 해 질 녘의 노을처럼 붉고 무거워졌다. 바깥 풍경은 점점 어두워졌고, 유리창을 타고 들어오는 빛은 서서히 사라지고 있었다. 햇살은 긴 팔처럼 성당 바닥을 쓰다듬더니, 이내 조용히 물러났다. 성당 내부에는 전등 하나 켜지지 않은 채, 노을과 어둠이 혼재하는 중간 지대가 깔렸다.

그 안에서 쉬리는 여전히 숫자와 문자를 바라보고 있었다. 그의 눈에는 피로와 조바심, 그리고 책임감이 뒤엉켜 있는 것 같았다. 해가 지는 동안 그는 무수히도 많은 조합을 머릿속에서 만들고 지웠다. 손가락은 지친 듯 움직였고, 눈은 점점 충혈되어 갔다. 그에게는 이 숫자와 문구가 단순한 암호가 아니었다. 그것은 나라의 운명이자, 스스로에 대한 믿음이었다.

어쩌면 이 암호 하나가 정말로 그에게 필요한 올바른 답을 내려줄 수도 있다는 그 감각이, 그를 놓아주지 않았다.

그러다 마침내 그는 털썩, 탁자 위에 상체가 쓰러졌다. 그의 이마가 종이 위를 덮으며, 긴 한숨이 어둠 속으로 흘러나왔다.

그 옆에서 나리의 머리카락도 조용히 흘러내리며 종이 위를 덮었다. 종이 위에는 숫자와 알파벳, 자음표, 의미 없어 보이는 선들과 동그라미들이 복잡하게 뒤엉켜 있었고, 그것을 지켜보는 것만으로도 두통이 밀려오는 듯했다.

바람도 멈춘 성당 안, 두 사람은 아무 말 없이 그렇게 엎드려 있었다. 그사이의 공기는 묵직했고, 시간마저 숨죽이고 있는 듯했다.

그러던 순간, 나리가 탁자에 이마를 댄 채로 툭 말을 꺼냈다.

"우리…. 희라한테 물어볼까?"

그 말이 조용한 성당 안에, 피어올랐다.

쉬리는 옆으로 고개만 살짝 돌렸다. 나리의 얼굴이 보이지 않았지만, 그녀의 목소리는 조금 지쳐 보였다.

"그 7살 꼬마한테?"

쉬리는 고개를 들며 나리를 바라보았다. 믿기 어렵다는 듯, 그러나 그 속에 살짝 스민 기대도 없지 않았다.

나리는 탁자에 엎드린 몸을 일으키며, 종이 위에 흐트러진 숫자들을 손끝으로 정리했다. 그녀의 섬세한 움직임은 마치 답을 찾지 못하고 있는 상황 속에서도 무언가 답을 찾아내려는 기도처럼 조심스러웠다.

"응, 희라. 정말 똑똑한 아이거든."

나리의 눈빛은 은은했고, 그 안에서 작게 반짝이는 확신이 담겨 있었다. "나보다는 확실히 더 똑똑해." 나리가 미소를 지어 보였다.

잠시 정적이 흘렀다. 쉬리는 조용히 숨을 내쉬며 다시 종이 위의 숫자와 문구를 바라보았다.

102615971909.

남남북녀.

그 의미는 수면 아래처럼 잡힐 듯 잡히지 않았고, 말라붙은 낙엽처럼 손에 쥐면 바스러질 것만 같았다.

"그래."

쉬리는 고개를 끄덕였다. "그 꼬마가…. 편견 없이 이 암호를 바라볼 수 있을 테지."

그리고 나리와 쉬리의 시선이 자연스럽게 마주쳤다. 아이에게 향한 기대가 어쩌면, 이 기묘한 하늘의 계시를 밝혀줄지도 몰랐다.

***

10월 25일, 2019년

경미는 지하 유물실 앞에서 조용히 숨을 고르고 있었다. 손끝에서부터 등뼈까지 서늘하게 흐르는 긴장감이, 침묵 속 공기처럼 뻗어 있었다. 낙엽 한 장조차 들어올 수 없을 만큼 고요한 복도, 모든 것이 고정된 듯한 시간 속에서, 그녀는 단지 호흡만으로 존재를 유지하고 있었다.

그런데-

삐이이이이이이잉!!

귀를 찢는 듯한 경보음이 그 적막을 산산조각 냈다.

경미의 눈동자가 순식간에 수축했다.

"침입…? 말도 안 되는데."

경미는 재빨리 보안 패드를 눌렀다. 철문이 양옆으로 갈라지며 유물실 내부를 드러냈다. 강철과 차가운 조명의 만남 아래, 적막이 도려낸 것 같은 공간.

…아무도 없었다.

그 완벽하게 밀폐된 공간엔 먼지조차 흔들리지 않았다. 사람이 왔다 간 흔적이라곤 단 한 줄기도 느껴지지 않았다.

경미는 한참 동안 말을 잃었다. 숨이 턱 막히는 기분이었다. 마치 누군가가 손으로 목을 감싸고 조이는 듯한 착각.

그리고 그녀는 깨달았다. 이것이 바로 '물리적 경계에 갇히지 않는다.'는 예고장의 문장이 의미하던 바라는 것을. 괴도 버드는 과학과 보안의 집을, 기술의 자부심을 넘어 그 안의 심장을 꺼내 갔다.

경미는 작게, 그러나 깊이 웃었다. 그 웃음엔 질투도, 존경도, 그리고 인정도 담겨 있었다.

바닥에 무언가 떨어져 있었다. 버들잎이었다. 흔들림 없는 유물실에서, 그것 하나만이 오늘의 진실을 말해주고 있을 것이었다. 아마 이것 때문에 경보음이 울렸으리라.

경미는 버들잎을 주웠다. 안개 위에 새겨진 글자처럼 희미하면서도, 동시에 잊을 수 없는 필체가 눈에 들어왔다.

'발터 PPK, 총기 번호 159270 잘 가져가겠습니다. - 괴도 버드'

그 문구를 보는 순간, 경미의 심장이 멎는 것 같았다. 159270.

그건, 그녀의 뇌리에 깊이 박혀 있던 숫자였다. 결코 잊을 수 없었던 그 번호. 그 총은- 바로 그날, 박 대통령을 향해 발사되었던 총. 대한민국의 시대를 갈라버린 총이었다.

1979년 10월 26일 사건 직후, 당시 국군보안사 소속이었던 그녀는 계엄령으로 인해 합동수사본부에 배속되었고, 전 장군 밑에서 조사를 지휘했다. 모든 것이 얼어붙은 겨울이었다. 중정 부장은 그들의 손에 넘겨졌고, 경미는 그에게 직접 고막을 찢는 듯한 심문을 가했다. 말이 수사였지만, 그것은 고문이었다. 그녀의 손으로 이루어진 고문.

그 총, 발터 PPK. 총기 번호 159270. 바로 그날 밤 사용된 총이었다. 문서, 탄환, 거짓말 탐지기, 그리고 피. 그녀는 하루에도 수십 번 그 총을 만졌고, 각도를 측정했으며, 사건을 재연했다.

그리고 그 사건 후, 전 장군은 점점 권력을 장악해 갔다. 경미는 이후 들어선 제5공화국에서 그가 세운 질서를 따랐고, 그에 따라 승진의 속도는 거침없었다. '충성'이라는 이름으로, '질서'라는 말로, '정의'를 위해 그녀는 묵묵히 앞으로 나아갔다.

경미는 숨결이 거칠어졌다. 그리고, 오래전 깊이 묻어두었던 어떤 얼굴 하나가 떠올랐다.

쉬리.

쉬리는 단지 동료 그 이상이었다. 그들은 함께 베트남 전장을 누비며 생사의 경계를 넘나든 전우였고, 고된 전장에서 서로의 등을 지켜주었던 존재였다. 전쟁에서 돌아온 후, 각자의 길을 걷게 되었지만, 쉽게 끊어지지 않을 부드러운 끈이 그들 사이에 있었다.

하지만 그 끈은 1979년 가을, 10.26 사태를 기점으로 서서히 조여오기 시작했다. 쉬리는 그때, 중앙정보부 소속의 비밀 요원이었고, 그녀가 몰랐던 어둠의 가장자리를 걷고 있었다.

그리고 1980년의 봄. 광주의 혼란 속에서 그녀는 쉬리를 다시 만났다.

그곳은 고문실이었다. 한기가 흐르던 콘크리트 방, 피가 마른 의자, 창밖으로는 아무 일도 없다는 듯 불어오던 선선한 바람.

쉬리의 얼굴은 붓고 터졌지만, 눈빛은 여전히 또렷했다.

"경미야…. 너는 늘 옳은 걸 하고 싶어 했잖아. 근데 지금 내가 지키는 건 그저 명령이지, 옳음이 아니야."

그의 목소리는 갈라졌고, 한 단어를 뱉을 때마다 고통이 따라왔다. 하지만 그는 멈추지 않았다. 오히려, 더 깊고 뜨겁게 말을 밀어냈다.

"정의는, 누가 더 힘센가에 따라 바뀌면 안 돼. 우리가 총을 들었던 건 사람을 지키기 위해서였지, 사람을 짓밟기 위해서가 아니었잖아."

경미는 말이 없었다.

쉬리는 고개를 기댄 채, 마지막으로 이렇게 속삭였다.

"언젠가 너도 알게 될 거야. 정의는 위에서 내려오는 게 아니라, 밑에서부터 피워 올리는 거라는걸…."

그 말을 들었을 땐, 흔들리지 않았다고 생각했다. 자신의 선택이 옳다고 생각했다.

하지만 지금, 그 총이 사라진 유물실을 마주한 순간, 그의 말이 물처럼 그녀의 가슴에 번졌다.

쉬리의 피, 그의 울분, 그 모든 것이 그녀의 내면을 향해 침전했다.

그날 이후, 쉬리는 대한민국이라는 나라에서 볼 수 없었다.

누구는 그가 멀고 낯선 외국 어딘가에서 살아남았다고 했고, 누구는 그가 다시는 돌아올 수 없는 죄의 경계 너머로 사라졌다고 했다. 또 누군가는 그가 정의로운 세상 어딘가에서 살고 있을 거라고 했다. 그렇지만 한 가지 확실한 건, 그날 마지막으로 마주한 그의 눈빛 속엔, 단 한 치의 흔들림도 없었다는 것이었다.

국과수 지하, 노을이 내려앉은 유물실의 조도 아래, 총이 있던 자리는 마치 누군가의 고백처럼 허전하고, 또 따뜻했다.

한 시대의 죄책감이, 지금, 이 순간, 경미의 어깨 위에서 무겁게 내려앉고 있었다.

10월 25일, 1979년

 성당 안 작은 방, 노을 진 햇살이 스테인드글라스를 타고 내려와 희라가 가지고 온 책들 위에 무지갯빛을 만들고 있었다. 희라는 나리와 쉬리 앞에 양손을 가지런히 모으고, 정자세로 앉아 있었다.
 희라는 조용히 암호가 써진 종이를 내려다보았다. 아무 말 없이, 마치 수면 위를 가르는 바늘처럼, 망설임 없는 눈동자로 숫자들의 배열을 따라갔다.
 102615971909.
 희라는 종이를 한 번 더 손끝으로 다듬듯 펼치고, 천천히 입을 열었다.
 "1026은 날짜. 10월 26일."

희라의 목소리는 마치 차가운 유리 위에 떨어지는 물방울 같았다. 또랑또랑하고 또 냉정했다. 쉬리는 무의식적으로 숨을 삼켰다.

"15971909는 연도. 1597년과 1909년."

희라는 나리와 쉬리를 번갈아 바라보며 또박또박 말했다. "이 숫자들은 역사적인 시간을 나타내는 것 같아요. 날짜와 연도요."

"그게 무슨 날인데?"

나리가 어리둥절한 표정으로 말했다.

"수녀님, 국사 시간에 졸았어요?"

희라는 맑고 또렷한 눈빛으로 나리를 보며 말했다. 그 눈빛엔 짙은 그림자와 함께 냉담한 단호함이 스며 있었다. 나리는 조용히 있었다. 쉬리도 말없이 희라를 바라보았다. 작은 몸, 마른 얼굴, 얇은 손가락. 그러나 그 안에 들어 있는 단단한 이해의 깊이는 어른보다 깊어 보였다.

"1597년 10월 26일은 명량해전이 있었던 날이에요. 이순신 장군이 12척의 배로 나라를 구한 날이죠. 1909년 10월 26일은 안중근 의사가 하얼빈역에서 이토 히로부미를 저격한 날이고요."

그 순간, 쉬리와 나리는 동시에 서로를 바라보았다.

"자세히…. 설명해 줄래?"

나리는 눈을 동그랗게 뜨며 말했다. 희라는 고개를 끄덕이고, 조용히 말을 이었다.

"1597년 10월 26일, 양력 기준으로 명량해전이 벌어졌어요. 장소는 전라남도 진도와 해남 사이의 울돌목이라는 좁은 해협이에요."

희라의 목소리는 차분했다.

"큰 바다에서 밀려든 물살이 병목구간으로 몰려들면서, 물길이 얽히고 부딪혀 급류와 소용돌이를 만들어요. 그때 나는 소리가 울음처럼 들려서, 해서 울돌목이라는 지명이 붙었다고 해요. 배 한 척이 잘못 들어가면 순식간에 휘말려 버린다고 하더라고요."

희라의 목소리는 단단했다. 마치 오래된 책을 정리하듯 정돈된 어휘와 흔들림 없는 어조였다.

쉬리는 눈썹을 살짝 들었고, 나리는 괜히 책상을 느리게 문질렀다.

"명량해전의 배경은 칠천량 해전이에요. 조선 수군은 원균이 지휘하던 그 전투에서 거의 전멸했어요. 130여 척 중 대부분을 잃었고, 남은 건 단 12척. 이순신 장군은 백의종군 중이었는데, 다시 삼도수군통제사로 임명됐고…. 그때 이순신 장군의 손에 남은 건, 12척과 부서진 배를 겨우 수리한 한 척. 총 13척뿐이었죠."

희라는 거기서 잠깐 숨을 골랐다. 쉬리는 입을 다물었고, 나리는 여전히 손끝으로 책상을 느리게 문지르고 있었다.

"이순신 장군은 일본군이 서해로 진출해야 조선을 장악할 수 있다는 걸 알고 있었어요. 그래서 울돌목에서 막기로 결심했죠. 울돌목은 물살이 세고 좁아요. 대규모 전선이 들어오기 힘든 곳이죠."

희라의 설명은 점점 깊어졌다.

"일본군은 총 133척의 전선을 내세웠고, 협선까지 합치면 330

척이 넘었어요. 부산포 해전에서 이순신 장군에게 패배한 도도 다카도라가 총대장이었고, 선봉은 자신의 형제를 죽인 이순신 장군에 원한을 품고 있는 구루시마 미치후사. 그 뒤엔 한산해전에서 패배한 와키자카 야스하루 같은 베테랑 장수들도 포진해 있었죠."

"그렇게 많았다고?"

나리는 멍하니 되물었다.

"그보다 더 놀라운 건, 전투가 시작됐을 때, 실제로 싸운 건 단 한 척이라는 사실이에요. 나머지 12척은 겁에 질려 후방에 있었어요. 이순신 장군 혼자, 1대 133으로 싸운 거예요."

쉬리는 미간을 찡그렸다. 나리는 입을 벌린 채 말을 잃었다. 희라는 조용히 말을 이었다.

"그 한 척이, 울돌목을 넘어 몰려드는 수백 척의 왜선을 정면으로 막아냈어요. 대장선이 앞장서는 그 모습을 보고, 다른 배들이 하나둘 돌아오기 시작했죠."

"그럼…. 도대체 어떻게 이긴 거야?"

나리는 믿기 힘들다는 듯 물었다.

"조선 수군은 화포가 강했어요. 전선 사방에 화포를 배치해, 적이 가까이 오기도 전에 선제공격할 수 있었죠. 반면 일본 수군은 배를 바짝 대고 올라타는 월선 백병전이 주 전술이었어요. 조총도 썼지만, 칼로 싸우는 것도 선호했어요. 이순신 장군은 그걸 최대한 활용했을 거예요. 울돌목의 좁은 물길을 이용해 적이 한꺼번에 진입하지 못하게 만들고, 들어오는 족족 차례대로 격파

했을 거예요."

희라는 잠시 말을 멈췄다. 쉬리와 나리는 숨도 쉬지 않고 듣고 있었다.

희라는 조용히 눈을 내리깔고, 낮은 목소리로 이어 말했다.

"하지만…. 아무리 그렇게 설명해도 납득이 안 되는 부분이 있어요."

쉬리의 눈썹이 미세하게 떨렸다.

"13척 중에서도 처음에는 한 척. 다른 배들은 물러나 있었고, 장군만 홀로 싸웠어요. 적은 133척. 아무리 조류를 이용하고, 전략이 완벽했다 해도…. 말이 안 돼요."

그건 과장도, 연극적인 연출도 아니었다. 희라는 단지 사실을 말하고 있을 뿐이었다.

"전투 기록이 불완전해서, 학자들도 정확히 알지 못해요. 그래서 육지에서 백성들이 강강술래를 하며 적의 시선을 끌었다는 설, 쇠사슬로 해협을 막았다는 설…. 여러 이야기가 존재해요. 하지만 그 어느 것도 결정적인 건 없어요. 이 전투는, 역사적으로도 기적이라 불릴 정도니까요."

희라는 마지막으로 고개를 들었다.

"누군가는 하늘이 도왔다고 말해요. 이순신 장군 자신도, 전투가 끝난 후 《난중일기》에 '천행이었다.'라고 기록했어요."

순간, 공기가 정지한 듯한 침묵이 흘렀다.

어린 소녀의 입에서 흘러나온 그 차분한 진실은, 마치 이 세상이 아닌 곳에서 건너온 이야기처럼 들렸다.

"희라는 정말 똑똑하구나…."

나리가 희라의 머리를 조심스럽게 쓰다듬었다.

"이게…. 1597년 10월 26일, 우리의 역사예요."

희라는 담담하게 말했다.

***

10월 25일, 2019년

밤이 내려앉은 산등성이 위. 괴도 버드는 국과수를 내려다보며 조용히 서 있었다. 숨소리 하나조차 허용되지 않을 듯한 고요함 속, 그녀의 실루엣은 마치 암흑 위에 드리워진 유령처럼 선명하고도 투명했다.

그때 허공을 가르며 다가오는 미세한 진동음이 공기를 갈랐다. 어둠 속을 누비는 작은 불빛, 그것은 한 대의 드론이었다. 괴도 버드는 눈을 들어 다가오는 그 존재를 바라보았다. 달빛과 혼재된 드론의 불빛은 별 하나가 하강하는 듯한 착시를 주었.

드론은 멈칫거리며, 괴도 버드 앞에서 잠시 멈췄다. 그녀는 한 치의 흐트러짐도 없는 손끝으로 차분하게 손을 뻗었다. 그녀의 손이 드론의 제어 장치에 닿는 순간, 드론은 작동을 멈추고 조용히 총을 건네주었다.

그녀는 무게감 있는 감촉을 느끼며 총기를 받아 들었다. 묵직하고 차가운 금속의 감각은, 단순한 무기를 넘어서 어떤 비밀을 품은 고서처럼 느껴졌다. 달빛은 산등성이의 차가운 공기 속에서 산란하며 총 위를 스쳐 갔고, 그 빛은 총 위로 고요히 내려앉은 안개처럼, 묘하게 흔들리는 숫자 하나를 떠올렸다.

총기 번호 159970.

괴도 버드는 눈을 가늘게 떴다. 그러고는 옷자락 속에서 작은 병 하나를 꺼냈다. 라벨 없는 유리병이었다. 빛을 머금으면 금빛으로 번들거리는 그 액체는 정체불명의 광택제인지, 오래된 연금술의 유산인지 알 수 없었다.

그녀는 조심스레, 마치 총이 살아 있는 생명체라도 되는 양 그 액체를 총기 번호 위에 부드럽게 문질렀다. 액체는 번지지 않았고, 흐르지도 않았다.

대신, 번호 위에서 작은 빛의 비늘처럼 깜박이며 숫자 하나, 하나의 껍질을 벗기듯 벗겨내기 시작했다.

그리고 이내, 그녀는 진짜 숫자를 보았다.

159270.

숫자는 새벽빛처럼 고요하고 명확했다. 앞선 숫자 9는, 마치 잉크가 번져 덧씌워졌던 흔적 같았다. 거짓의 껍데기가 벗겨지고, 그 아래에서 진실이 숨을 쉬기 시작한 순간이었다.

괴도 버드는 짧게 숨을 들이켰다.

"맞았네."

그녀의 속삭임은 바람처럼 가벼웠지만, 그 안에 담긴 무게는 시간을 꿰뚫을 만큼 깊은 듯했다.

그녀의 머릿속에 몇 시간 전의 장면이 떠올랐다. 총을 훔쳐내기 위해 드론이 국과수 유물실의 작은 환풍구로 미끄러지듯 침투하던 순간. 숨결조차 없는 그 틈으로 드론은 조용히 스며들었고, 드론에 설치된 카메라를 보며 그녀는 총기를 찾아냈다. 드론은 그녀의 조종에 맞춰 집게를 펼쳐 총을 들어 올렸고, 버들잎 한 장을 바닥에 내려놓고는 아무 흔적 없이 빠져나왔다.

경보음은, 버들잎 하나를 놓는 그 순간 울렸을 것이다.

괴도 버드는 손안의 총기를 바라보며 이 총이 앞으로 행할 여정에 대해 천천히 떠올렸다. 이 순간, 그녀는 그 어떤 감정도 쉽게 드러내지 않았다.

그녀는 총을 매만졌다. 바람에 흔들리는 버들잎처럼, 조용하고 부드럽게 그녀의 손끝은 총에 숨결 하나를 심는 것 같았다. 직선이던 운명이, 그 미세한 움직임 하나로 한 치를 비켜 흐르는 물길처럼 휘어졌다.

그녀는 짧은 한숨을 내쉬고, 총기를 조심스레 품에 안았다. 산등성이 위로 바람이 불어왔고, 그 바람을 타고 하늘에는 별 하나가 길게 스쳐 지나갔다.

괴도 버드는 걸음을 돌리며, 밤하늘에 스쳐 간 별 하나를 따라 조용히 사라졌다.

***

10월 25일, 1979년

성당에는 어느덧 어둠이 내려앉아 있었다. 창밖의 하늘은 자줏빛으로 물들었고, 방 안의 공기는 오래된 책장처럼 조용히 닫혀 있었다.

"그럼…. 1909년 10월 26일은?"

나리가 조심스레 물었다.

희라는 조용히 숨을 들이쉬고, 다시 말을 시작했다.

"1909년 10월 26일. 이토 히로부미가 하얼빈역에 도착했어요. 러시아 재무장관 코콥체프와 회담이 예정되어 있었고, 일본 공사들과 군인들까지 수행원이 꽤 있었죠."

희라의 목소리는 차분했다.

"그리고 그날, 안중근 의사는 .32 ACP 탄환을 장전한 FN M1900 자동권총을 소지하고 있었어요. 이토를 처단하기 위해서였죠."

쉬리와 나리는 말없이 희라를 바라보았다.

"안중근 의사는 처음에 이토의 동양 평화론에 대해 동조했었어요. 당시엔 일본이 조선을 근대화시켜 줄 거라고 믿는 지식인들도 많았거든요. 하지만 이내 깨달았죠. 이토의 평화론은 조선을 식민지로 삼기 위한 말뿐이라는 걸요. 당시에 실제로 조선의 외교권을 박탈하고, 군대를 해산시키고, 교육까지 통제했어요."

희라는 무릎 위에 올린 두 손을 천천히 움켜쥐듯 다물며, 곧은 자세로 말을 이어나갔다.

"그는 자신의 과거 그런 믿음이 틀렸다는 것을 인정했어요. 계속 반성하고, 또 공부했죠. 그리고 자신이 틀렸다는 것을 받아들이고, 변화하고, 결국은 스스로 목숨을 걸 각오를 하게 된 거죠."

희라의 말끝에 담긴 그 단어들. 반성, 공부, 결단. 그건 단지 역사 속 인물의 업적을 읊는 것이 아니라, 안중근의 진실한 사람됨에 관한 이야기로 들렸다.

"그런데…."

희라는 잠시 말을 고르더니 고개를 갸웃하며 말했다.

"사실, 안중근 의사는 이토의 얼굴을 정확히 몰랐대요. 직접 본 적도 없고, 이토는 당시에 암살 위협이 있어서 사진조차 명확하게 전해지지 않았거든요. 그래서, 안중근 의사는 누가 이토인지 현장에서 순간적으로 판단해야 했어요."

쉬리의 눈썹이 미세하게 움직였고, 나리는 눈을 동그랗게 뜨며 말했다.

"나도 모르는데."

나리는 민망하게 웃었고, 희라는 살짝 한숨 섞인 표정으로 나리를 바라보았다.

"수녀님은 마음만 따뜻하지, 공부는 안 하셨나 봐요."

그러더니 희라는 책 한 권을 뒤적여, 인물이 그려진 페이지를 나리 앞에 내밀었다.

"이 사람이 이토예요."

나리를 그림을 빤히 들여다보다가 말했다.

"재밌게 생기셨네, 이분." 원숭이같이 생긴 얼굴에 볼때기에 큰 점이 인상적이었다.

희라는 헛기침을 하며 말을 이었다.

"암튼…. 그렇지만 안중근 의사는 주저하지 않았어요. 마치…. 신념이 길을 보여준 것처럼. 이토에게 십자가가 새겨진 세 발의 탄환을 쐈고, 모두 명중했어요."

그 말에 방 안의 공기가 미묘하게 일렁였다. 희라는 책상 모서리를 손끝으로 문질렀다. 그 손짓엔, 70년 전 시간 속을 건너온 듯한 조심스러움이 담겨 있었다.

"십자가가 새겨진 탄환?"

나리가 이토의 그림에서 시선을 떼고 물었다.

"안중근 의사는 가톨릭 신자였어요. 세례명은 토마스였대요."

그 말에 나리의 눈빛이 살짝 흔들렸다. 수녀복을 입은 나리의 뺨에 스테인드글라스의 빛이 잔잔히 스며들었다.

"하얼빈역 근처엔 지금도 소피아 성당이 있어요. 러시아 정교회 성당인데, 붉은 벽돌로 된 고풍스러운 건물이죠. 그날, 소피아 성당 첨탑 너머로 퍼지는 종소리가 하얼빈역까지 들렸다는 이야기도 있어요. 안중근 의사는 총을 쏘기 전, 성당에서 기도를 드렸을지도 몰라요."

그 말을 듣는 순간, 나리는 가슴에 걸린 작은 십자가 목걸이를 가만히 움켜쥐었다.

쉬리와 나리는 아무 말도 없이, 긴 시간 여행을 다녀온 듯한 표정으로 희라를 바라보았다. 희라의 얼굴은 마치 70년의 시간을 걷고 돌아온 아이처럼 보였다.

"안중근 의사는 끝까지 조국을 위해 싸운 군인이었고, 신을 믿는 평화주의자였고, 또 한 명의 깊은 신앙인이었어요. 그러니까 단순한 암살자가 아니라…. 어쩌면 계속된 자기반성 속에서, 자기 안의 싸움도 같이 끝낸 거겠죠."

희라는 잠시 말을 멈췄다. 그러고는 다시 조용히 입을 열었다.

"안중근 의사는 마지막까지도 조국을 생각했어요. 유언으로 이렇게 남겼대요. '국권이 회복되거든 고국의 땅에 묻어달라.'고요."

희라의 목소리는 어린아이답지 않게 나지막하면서도 또렷했다.

"하지만 지금까지도…. 안중근 의사의 유해는 찾지 못해서 여전히 고국으로 돌아오지 못하고 있어요."

말끝에 담긴 그 한 줄의 진실이 방 안의 공기를 조금 더 가라앉혔다.

"이게 바로 1909년 10월 26일의 우리나라 역사예요."

그 말이 끝났을 때, 방 안은 숨소리마저 삼켜지는 듯 고요해졌다. 그 순간만큼은 하얼빈의 회색 하늘, 붉은 벽돌 성당, 아직 울리지 않은 기적 소리까지 모두 이 방 안으로 스며든 듯했다.

쉬리는 곧게 앉아 있었고, 나리는 두 손을 꼭 모으고 있었다. 마치 역사 속 10월 26일 한복판에 와 있는 듯한 모습이었다.

그러다 나리가 조심스레 입을 열었다.

"그러면…. 그 '남남북녀'라는 문구는 어떤 의미니?"

희라는 둘을 번갈아 보며 조용히 말했다.

"남남은 남자는 남쪽. 그러니까, 쉬리 아저씨는 남쪽으로 가보라는 말인 것 같아요. 진도와 해남 사이, 울돌목으로요."

쉬리는 말없이 희라를 바라보았다.

"북녀는…. 여자는 북쪽. 수녀님이 북쪽으로 가보란 말인 것 같고요. 하얼빈으로요."

희라의 목소리는 담담했고, 그 안에는 분명한 확신이 있는 듯했다.

"13척이 133척과 싸운 바다랑…. 의로운 총성이 울린 역. 그걸 따라가 보라는 말 같아요."

쉬리는 말없이 그 말을 되새겼다. 나리는 기도를 드리듯 두 손을 모은 채, 천천히 고개를 끄덕였다.

그 순간, 창밖에서 낙엽 하나가 바람에 실려 유리창을 툭, 하고 스쳤다. 그 소리가 마치 누군가의 신호처럼 들렸다.

방 안엔 다시 조용한 침묵이 흘렀다. 하지만 그 침묵은 이제, 막 끝난 이야기가 아니라 어디선가 시작된 이야기를 기다리는 조용한 숨소리처럼 느껴졌다.

10월 25일, 2019년

달빛이 너무 밝아서, 어둠이 도망친 밤이었다.

괴도 버드는 국립과학수사연구원을 뒤로했다. 낡았지만, 여전히 숨을 쉬는 것 같은 쇳붙이 하나를 가슴에 안은 채, 그녀는 한복 치맛자락을 펄럭이며 찬 공기를 갈랐다.

그녀는 어둠 속을 달렸다. 밤과 밤 사이의 틈을 건너며, 괴도 버드는 아무 말 없이 광주를 향해 흘러갔다. 시간은 그녀를 따라오지 못하는 것 같았다. 공기의 결, 별빛의 떨림, 달의 시선까지도 그녀의 속도를 따라가지 못하는 것 같았다.

그리고 어느 순간, 새벽이 천천히 괴도 버드의 어깨에 내려앉았다. 어둠은 옅어지고, 그 경계 너머로 푸르스름한 기운이 스며들었다. 마치 바다가 하늘에 퍼지는 듯한 빛이었다.

처음엔 안개처럼 흐릿한 회청빛. 그 위로 희미하게 보랏빛 기운이 일렁였고, 멀리 산등성이의 윤곽이 점점 모습을 드러냈다. 그러나 아직, 도시의 숨결은 잠에서 덜 깨어난 채, 희미하게 공기 속을 부유하고 있었다.

괴도 버드는 발걸음을 멈추고 하늘을 올려다보았다. 세상은 한 겹 얇은 유리막처럼 고요하고 차가웠다. 빛과 그림자가 서로를 감싸며 섞여가는 모습을 보는 그녀의 눈동자에 바람이 고였다.

그리고, 광주 뒷골목의 한 문방구. 그곳은 마치 괴도 버드이자 로렐을 기다리고 있었던 장소처럼, 아직 완전히 깨어나지 않은 채, 꿈의 막 끝자락에 머물러 있었다.

괴도 버드는, 혹은 로렐은 그 경계 위에 조용히 발을 디뎠다. 마치 누군가의 오래된 기억 속에 스며들듯이. 바람이 그녀의 뺨을 스치고 지나갔다. 아주 잠시, 그녀는 느꼈다. 시간이 조금, 아주 조금 어긋나고 있다는 것을.

그 어긋남은 불안도 아니었고, 경고도 아니었다. 그것은 어딘가 먼 곳에서 출발한 파동이 도달하는 지점에서 일어나는 미세한 떨림, 균열 이전에 숨죽인 기다림 같았다.

그녀는 총을 품 안으로 끌어안고, 한 걸음. 또 한 걸음을 내디뎠다. 무언가가 그녀를 기다리는 쪽으로, 천천히, 그러나 되돌릴 수 없는 방향으로.

***

10월 25일, 1979년

밤하늘에 떠 있는 별들이 마치 먼 곳에서 나리를 응원하는 듯 반짝이고 있었다. 비행기 창가에 앉은 나리는 고요한 눈빛으로 창밖을 바라보았다. 어두운 하늘과 구름의 결을 가르며 날아가는 비행기는 그녀를 하얼빈으로 데려가고 있었다. 고요한 창밖 풍경 속에서, 나리의 마음속에는 말로 설명할 수 없는 미묘한 기대감이 피어오르고 있었다. 그 감정은 서서히 그녀의 가슴을 따뜻하게 그녀를 감쌌다.

비행기의 엔진 소리가 부드럽게 귓가에 들렸지만, 나리의 내면은 그보다 더 큰 소리로 울려 퍼지고 있었다. 아주 오래된 무언가로부터 초대받은 듯한 감각. 그녀는 무언가를 향해 나아가고 있었다.

"하얼빈…. 무엇이 나를 기다리고 있을까?"

나리는 잠시 고요하게 숨을 들이켰다. 수녀로 사는 삶 속에서도, 그녀는 마음 깊은 곳에 숨겨둔 작은 꿈들이 있었다. 언젠가 어딘가로 떠나야만 할 것 같은 예감. 이번 하얼빈으로 향하는 여정은 어쩐지 그 꿈 중 하나처럼 느껴졌다. 마치 오랫동안 간직해 온 한 장의 엽서를 누군가가 마침내 건네준 듯한 느낌.

비행기 안에서 흐르는 차가운 공기를 마시며, 나리는 자신도 모르게 미소를 지었다. 조용히 흘러가는 생각 속에서, 이번 여정이 어떤 끝을 맺게 될지는 알 수 없었지만, 그 불확실성조차 나리에게는 설레는 기분이었다.

"안중근…. 선생님…."

나리는 조용히 그 이름을 입술 사이로 불렀다. 비행기의 창밖으로 흩어지는 구름 속에서, 나리의 마음은 다시 한번 그 이름을 떠올렸다. 그가 가졌던 용기와 결단력, 그리고 나라를 위해 목숨을 바친 그 신념.

나리는 자기도 모르게 등을 곧게 폈다. 수녀로서, 믿음을 지키며 살아온 시간 속에서도, 그 신념은 유독 또렷하고 특별하게 다가왔다. 그리고 그녀는 생각했다. 자신이 지금 이 길을 가는 이유도, 역시 그 신념의 한 조각을 이어가기 위해서인지도 모른다는 것을.

하얼빈은 단순한 여행지가 아닐 것이었다. 그곳은 무엇인가를 얻고자 하는 장소였고, 동시에 자신이 앞으로 나아가야 할 방향을 가리키는 이정표일지도 몰랐다. 무언가를 얻는 곳이자, 내려놓는 곳. 기억을 되새기고, 다시 앞으로 내딛는 자리.

비행기가 점차 하얼빈 공항을 향해 고도를 낮추고 있었다. 나리는 그 모든 생각을 마음속에 간직한 채, 조용히 눈을 감았다. '뭘 얻을 수 있을까?' 여전히 그 답은 알 수는 없었지만, 어쩌면 하얼빈에서 나리가 찾고자 하는 건 답이 아닐지도 몰랐다.

답을 구하는 것이 아니라, 그 길을 함께 걷는 것일지도 몰랐다.

**

 칠흑 같은 밤이었다. 달조차 어딘가 몸을 숨긴 듯, 하늘은 무거운 먹구름으로 뒤덮여 있었고, 어둠은 자동차 전조등이 내쏘는 빛마저 삼켜버릴 듯 짙었다. 쉬리는 핸들 위에 굳게 손을 얹고, 전방을 꿰뚫듯 응시하며 깊은숨을 삼켰다. 울돌목. 이 밤중에, 이 황량한 길을 뚫고 그곳으로 향하고 있다는 사실이 사실 스스로도 잘 믿기지 않았다.

 타이어는 거친 자갈길을 달렸다. 때때로 포장조차 되지 않은 길에서 바위와 웅덩이가 차체를 울렸고, 운전석의 쉬리는 진동과 소음 속에서 이를 악물었다. 그러다 어느 순간 길이 끝나는 지점에 도착했다. 더 이상은 차로 갈 수 없었다.

 쉬리는 차에서 내렸다. 손전등 하나만 손에 쥔 채, 울퉁불퉁한 산길과 잡목 사이를 몸으로 밀치며 앞으로 나아갔다.

 바람은 짧은소리를 내며 부서졌고, 나뭇잎은 마치 누군가의 속삭임처럼 쉬리의 귀를 간질였다.

 쉬리는 잠시 걸음을 멈췄다. 숨이 거칠고 뜨거웠다. 하지만 그는 멈출 수 없었다. 점쟁이의 말, 희라가 해독한 암호 한 줄.

 "남자는 남쪽으로, 해남과 진도 사이, 울돌목."

 그 한마디가 자신을 흔들어 놓았다. 사실 믿고 싶지 않았다. 이성적인 사람이라면, 어째서 이런 뜬구름 같은 예언을 믿고 험한 길을 헤매겠는가. 쉬리에겐 종교를 믿는다는 건 약자의 방식 같았다. 약한 사람들이 세상의 공포를 견디기 위해 만들어 낸 허상.

하지만….

하지만 쉬리는 그 길을 걷고 있었다.

쉬리는 어두운 산길을 더듬어 걸었다. 손전등은 푸른빛을 뿜었고, 수풀 뒤에서 벌레 소리와 함께 이름 모를 짐승의 울음이 섞였다. 쉬리는 무릎까지 오는 물웅덩이를 건너고, 날이 선 바위를 손으로 붙잡아 가며 바위산을 올랐다. 신발은 진흙에 절반쯤 파묻혔고, 손등에선 피가 배어 나오고 있었지만, 그는 걸음을 멈추지 않았다.

왜, 왜 이토록 힘든 길을 걷고 있는가.

머릿속엔 이순신 장군의 이름이 떠올랐다. 바로 그 울돌목. 백의종군한 채, 아무런 배경도 없이, 12척의 배로 수백 척의 왜선을 무찔렀던 그 자리. 조선의 마지막 희망이자, 살아 있는 전설.

"이순신 장군은, 자신이 옳다고 믿었던 걸 위해 목숨을 걸었겠지…."

그 믿음이 진짜 신에 대한 믿음이든, 백성에 대한 책임이든, 그는 그걸 지키려 싸웠다.

쉬리는 걸음을 멈추고 밤하늘을 올려다보았다. 비가 내릴 듯 흐릿한 구름 사이로 간신히 별 하나가 깜박이고 있었다.

쉬리는 고개를 떨궜다. 지금껏 스스로가 강하다고 믿었다. 어떤 것도 믿지 않는 대신, 자신만은 믿었기에. 하지만 이제 그는 혼자였다. 어두운 밤, 목적지조차 확실치 않은 여정 위에, 누군가가 남긴 암호 하나에 이끌려 이 어두운 산중을 헤치고 있었다.

그때, 저 멀리서 물결 소리가 들렸다.

울돌목.

바닷물은 바위틈 사이를 마치 분노한 짐승처럼 파고들며 거칠게 부딪혔다. 조용히, 그러나 거역할 수 없는 힘으로. 쉬리는 그 자리에 섰다. 눈앞에 펼쳐진 바다는 캄캄했지만, 그 물결 속엔 수백 년 전의 기억이 꿈틀대는 것 같았다. 이순신의 호령, 격렬한 북소리, 불타는 배 위에서 깃발을 붙잡고 싸우던 병사들…. 그 모든 것이 그의 귀에 들리는 듯했다.

"나도…. 이 밤을 지나야 해. 그래야 뭔가를 알 수 있을 거야."

쉬리는 떨리는 눈으로 울돌목을 바라보았다. 믿지 않아도, 믿고 싶지 않아도, 어떤 진실은 싸워야만 알 수 있었다. 그리고 쉬리는 또 한 걸음을 내디뎠다.

밤이 조금씩, 아주 조금씩 물러나기 시작했다.

***

10월 26일, 2019년

문방구 앞, 로렐은 잠시 걸음을 멈췄다.

늘 그렇듯 이 가게는 시간의 가장자리에 걸려 있는 듯했다. 새벽의 푸르스름한 어둠이 아직 걷히지 않았고, 지붕 위로 떨어지는 새벽빛은 조심스럽게 풍경을 더듬고 있었다. 마당 한편의 우편함은 밤을 지켜낸 파수꾼처럼 조용히 서 있었고, 문방구의 창은 희미한 빛을 머금은 채 안팎의 경계를 흐리고 있었다. 먼지 낀 유리 너머로는 흐릿한 진열장이 어렴풋이 보였고, 낯익은 종이 냄새가 찬 공기 속에 희미하게 섞여 들었다.

그러나 오늘은, 무언가 조금 다르게 느껴졌다. 아주 작고 미세한 결이었지만, 그 다름은 분명했다. 시간을 감싸고 있던 얇은 막이 조금씩 흔들리는 듯한, 문 하나를 열면 모든 것이 사라질 수도 있을 것 같은- 어쩌면 이게 마지막쯤일 수도 있다는 예감이, 로렐의 가슴 언저리를 은은하게 간질였다.

로렐은 조금은 슬퍼 보이는 듯한 표정으로, 문방구의 작고 낡은 문고리를 열었다.

덜그럭-

문이 열리는 소리는 여전히 가볍고도, 오래된 음악처럼 뒷맛이 남아 있었다. 로렐의 발끝이 가게 바닥을 스치자, 바람이 창백하게 일었다. 그 바람은 구불구불한 연필 선처럼 허공을 가르고, 어딘가로 사라져 버렸다.

그리고-

천장 한복판에서 커다란 종이비행기가 휙 하고 로렐의 머리 위를 스쳤다.

"흠, 착륙은 약간 어긋났지만…. 거의 완벽했어."

익숙한 목소리였다.

로렐이 고개를 돌리자, 용민이 종을 하나 들고 서 있었다. 아무래도 출입문에 달려 있던 종을 떼어낸 것 같았다.

딸랑.

종을 흔드는 소리가 새벽 공기를 가볍게 울렸다.

"왔구나, 로렐라이. 1979년으로 갈 소중한 짐, 네가 와야 출발할 수 있잖아."

그는 웃음기 가득한 얼굴로, 주머니에서 종이배 하나를 꺼내 들어 보였다.

"이번엔 종이배로 떠나볼까?"

"아저씨…."

로렐은 고개를 저으며 작게 웃었다. 방금 전까지 그녀를 감싸던 묘하고 섬세한 감정은, 누군가의 장난으로 던져진 작은 돌멩이에 의해 잔물결처럼 퍼져나갔다.

"왜 그렇게 축 처졌어? 우리 문방구만큼 행복하고 아름다운 곳, 없잖아?"

용민은 문방구 한쪽, 유리 진열장 옆에 있는 오래된 의자에 살짝 기대며 말했다. 말투는 장난스러우면서도, 그 속엔 묘하게 따뜻한 온기가 깃들어 있었다.

"자, 오늘도 떠나볼까? 40년 전, 누군가가 기다리는 그때로."

그 말에 로렐은 피식 미소를 지었다. 그녀의 마음 한구석엔 여전히 풀리지 않은 숙제 같은 감정이 머물러 있었지만, 용민의 존재는 그걸 잠시 잊게 해주는 바람 같았다.

그리고 그건, 이상하게도 고마운 일이었다.

***

10월 26일, 1979년, 하얼빈

새벽빛이 어스름하게 하얼빈의 지평선을 물들일 즈음, 비행기에서 내린 나리는 붉은빛 하늘 아래에 펼쳐진 낯선 도시를 처음 마주했다. 하얼빈. 그녀가 희라로부터 들었던 이름이 이제는 자신의 발아래 현실이 되어 있었다.

찬 공기가 코끝을 간질였고, 새벽의 안개는 낮게 깔려 있었다. 도시는 아직 완전히 깨어나지 않은 채, 숨을 고르고 있는 것 같았다. 모든 소리가 잠시 멎은 그 고요함 속에서, 나리는 마치 시간의 틈새로 미끄러져 들어가는 듯한 기분을 느꼈다.

'여기가…. 하얼빈이구나….'

나리는 길게 숨을 들이켰다.

택시를 타고 도착한 하얼빈역 앞, 역사의 입구는 마치 과거로 이어지는 관문처럼 묵직한 기운을 뿜고 있었다. 나리는 무심히 움켜쥐고 있던 가방을 한 번 더 꼭 쥐며, 발걸음을 멈췄다.

안중근 선생님.

그 이름이 나리의 머릿속을 맴돌았다. 이토 히로부미를 향해 방아쇠를 당겼던, 조용하고도 치명적인 순간. 열차에서 내려 플랫폼을 걷던 이토의 뒷모습. 그리고 어느 한 점에 숨을 죽인 채 서서 기도하던 안중근의 실루엣. 그 모든 장면이 이곳 어딘가에, 미세한 먼지처럼, 잊힌 숨결처럼 아직도 흩날리고 있을 것 같았다.
　나리는 조심스레 역사 주변을 걸었다. 붉은 벽돌로 이루어진 낡은 외관, 조금은 투박하면서도 묵직한 위엄을 지닌 구조물, 그리고 벽에 새겨진 중국어와 러시아어 사이를 비집고 보이는 작은 동판 하나. 그곳엔 단단한, 한 인간의 의지가 눌어붙어 있었다.
　"평화를 위해, 정의를 위해, 조국을 위해…."
　나리는 그 동판에 써진 글을 중얼거렸다. 나리는 안중근 의사를 위해 기도를 하듯 조용히 머리를 숙였다.
　잠시 후, 나리는 조용히 발걸음을 돌려 역을 떠났다. 하늘은 이제 점점 푸르러지고 있었고, 새벽의 찬 기운은 조금씩 옅어지고 있었다. 도시가 아주 조금씩 숨을 쉬기 시작하던 그 무렵, 나리는 하얼빈역에서 멀지 않은 길을 따라 걷다가 문득 시선이 끌렸다.
　성 소피아 성당.
　러시아 정교회 양식의 거대한 돔과 붉은 벽돌, 날카로운 첨탑이 황혼의 안개 속에서 둥글고도 부드럽게 피어오르고 있었다.
　무언가에 이끌리듯, 나리는 그쪽으로 발걸음을 옮겼다. 성당 앞에 도착하자 돌계단 위로 햇살이 부서지듯 퍼졌고, 벽돌 하나하나에 시베리아의 바람과 시간의 무게가 담긴 듯 느껴졌다.
　이방의 성당, 낯선 신의 집. 그러나 나리의 발걸음은 주저하지 않았다.
　성당 안으로 들어서자, 한기가 머리를 감싸며 묘한 평온이 온몸을 덮었다. 은은하게 깔린 성가 음악, 천장의 프레스코화, 커다란 십자가 아래 켜진 작은 촛불들. 성당 내부는 다른 시간에 존재하는 세계 같았다.

　나리는 성 소피아 성당의 고요한 내부를 천천히 걸었다. 성당의 벽을 따라가며, 예술 작품처럼 섬세하게 그려진 프레스코화에 시선을 빼앗겼다. 천장의 창문을 통해 들어오는 새벽 햇살은 성당 내부를 부드럽게 물들였고, 그 빛 속에서 나리는 모든 것이 오래된 기억처럼 묵직하고, 동시에 신비롭게 느껴졌다.

　벽에 걸린 성화들과, 그 아래로 아무도 지나가지 않는 조용한 바닥. 그녀는 이 세계와 단절된 채 혼자 떠 있는 느낌을 받았다.

　그러던 중, 성당 안쪽 한구석에서 무엇인가를 발견했다. 작은 나무문, 그 문은 다른 부분들과는 다르게 더 오래된 느낌을 주었다. 한쪽 벽에 기대어 있는 듯한 그 문은 세월의 흔적을 고스란히 품고 있었다. 나리는 손을 뻗어 조심스레 문을 열었다.

　끼익-

　작은 나무문이 조용한 소리를 내며 열렸다. 그곳은 고해성사실이었다.

**

10월 26일, 1979년, 울돌목

　새벽의 울돌목은 잿빛의 입김을 토하며 그 모습을 드러냈다. 그 풍경은 고요하지 않았다, 결코. 오히려, 숨죽인 광기가 물결

위에 어렴풋이 서려 있는 듯했다.

쉬리는 울돌목 전경이 보이는 틈에서 주저앉아 한동안 멍하니 울돌목을 바라보고 있었다. 밤새 달려온 찌든 피로가 무릎까지 차오른 듯했지만, 발끝으로 밀려드는 차가운 물기와 바닷바람은 억지로라도 정신을 붙잡아 주었다.

진도와 해남 사이의 바다, 울돌목. 그 이름은 단지 지명이 아니었다. 소용돌이치는 그 조류 속에는, 어떤 설명도 흉내 낼 수 없는 기운이 느껴졌다. 쉬리는 본능처럼 느꼈다. 그 소용돌이 하나하나가 마치 스러져 간 수많은 이름 모를 영웅들의 목소리 같았다.

"우리가 지켰노라."

"우리는 버텼노라."

"너는, 무엇을 지킬 것이냐."

그 웅웅 울리는 목소리들이 쉬리의 가슴속을 파고들었다. 눈물도 비도 아니고, 그저 울돌목이라는 존재 자체가 짓누르는 무게에 숨이 막힐 것만 같았다. 그는 무릎을 꿇을 뻔하다가, 이를 악물며 고개를 들었다.

'이순신 장군은…. 대체 어떤 마음으로 이 바다를 마주했을까.'

임금으로부터 버림받고, 다시 돌아와 이곳에서 배를 띄웠다.

판옥선 13척.

그리고 이 거센 물살.

죽음과 싸우는 싸움.

그는 이곳에서 물살이 아니라 역사와 맞섰다.

"나는…. 이순신 장군과는 너무나도 달라…."

쉬리는 속으로 중얼거렸다.

"나는 아무것도 지키지 못했고, 지금도 무엇을 지켜야 할지 모르겠어."

그래서 그는 이곳에 왔다.

그 어떤 믿음도, 방향도 없이.

그러나…. 어쩌면, 지금, 이 순간이 바로 그 시작일지도 몰랐다.

그때였다. 쉬리의 눈에 무언가 들어왔다.

안개 사이로, 해안 가까이 반쯤 기울어진 난파된 배가 눈에 들어왔다. 마치 오래전부터 그 자리에 있었던 것처럼, 혹은 지금 막 과거에서 떠밀려온 것처럼.

배는 반쯤 기울어져 있었고, 선체의 나무는 툭툭 부서져 있었다. 세월의 이끼가 덕지덕지 붙어 있었지만, 왠지 모르게 생생했다.

너무 낯설고도, 이상하게 익숙한 감각.

쉬리는 천천히 다가갔다.

한 발, 그리고 또 한 발.

쉬리의 시선은 오직, 저기- 파도와 안개 사이, 기울어진 채 숨을 죽이고 있는 난파선에 고정되어 있었다.

물이 쉬리의 발목을 감쌌다. 진창 같은 조류가 그의 발을 잡아당겼지만, 쉬리는 허리를 굽히고 이를 악물고 걸었다.

쉬리는 넘어지지 않았다. 넘어질 수 없었다. 이 바다는, 그를 시험하고 있는 듯했다.

이순신이 마주했던 바다와 같은 물살이, 지금 그의 다리를 휘감으며 속삭이는 것 같았다.

'너는 이곳에 설 자격이 있는가.'

쉬리는 그 속삭임에 대답하듯, 기어이 선체의 가장자리에 손을 얹었다. 거친 이끼가 손바닥을 짓이겼지만, 그는 밀어냈다. 그리고 천천히, 난파된 배의 내부로 몸을 밀어 넣었다.

그곳은 습기와 썩은 나무 냄새로 가득 찬, 마치 오래된 무덤 같았다. 과거와 미래가 이 난파선의 갈라진 나무 틈 사이에서 마주하고 있는 것 같았다.

배 안은 작고, 침침하고 외로웠다. 배 안에는 아무도 없었지만, 무언가가 기다리고 있는 듯한 침묵이 감돌았다. 그 침묵이, 소용돌이치는 울돌목보다 더 큰 소리를 냈다.

쉬리는 다시 이순신을 떠올렸다.

"죽고자 하면 살고, 살고자 하면 죽는다."

그는 아직 살아 있었다.

울돌목이 증명해 주고 있었다.

그리고 지금, 이 난파된 배가…. 쉬리에게 무언가를 말하고 있는 것 같았다.

'너의 싸움은 아직 시작되지도 않았다.'

그렇게, 바람 속에서….

울돌목의 파도는 다시 고동쳤다.

처절하게, 그리고 찬란하게.

***

10월 26일, 2019년

문방구의 형광등이 방 안에서 불안하게 깜빡이고 있었다. 문방구 안은 시간의 흐름이 잠시 멈춘 듯 정적이 감돌았다.

"여기요, 아저씨."

로렐은 품 안에서 발터 PPK 총기를 꺼내며 말했다.

용민은 아무 말 없이 그것을 바라보았다.

"…아."

용민의 입에서 새어 나온 건 말이 아니라 한숨이었다. 그것은 소리가 아니라, 기억의 틈에서 새어 나온 숨결이었다. 머리 깊은 곳에서 흘러나온 너무도 오래 묻혀 있던 고요한 숨이었다.

그는 천천히 손을 내밀었다. 그 움직임은 믿기지 않는 듯 조심스러웠고, 마치 총이 아니라 시간의 조각을 만지려는 것 같았다.

그리고, 그 총을 손에 쥐는 순간-

용민의 손끝이 작게 떨렸다. 입가의 웃음기는 사라졌고, 그 눈빛 속에 알 수 없는 깊이가 드리워졌다. 검은 유리창처럼 깊고 맑았지만, 그 안에서 무언가가 조용히 부서지는 것 같았다.

그리고 그 순간, 문방구의 허름한 벽 너머로, 또 하나의 시간이 스며들었다.

독재에 맞서 쏘아진 총, 그 울림은 이어졌다. 저항의 불꽃이 계엄령 아래에서도 타올랐다.

1980년. 광주.

캄캄한 골목.

깨진 유리.

계엄군의 구두 소리.

숨죽인 저항.

"…나는, 아무것도 하지 못했어."

용민은 그 말을 내뱉고, 천천히 고개를 떨궜다. 그의 어깨는 쓸쓸해 보였다.

"다들 거리로 나가 싸우고, 방송국 앞에 모여 외치고, 총칼 앞에 맞섰는데…."

용민은 입술을 깨물었다.

피가 맺힐 만큼.

그러나 눈물은 나오지 않았다.

대신, 무언가 무너지는 소리가 들렸다.

그건 아마도, 기억이었다. 잊힌 줄 알았던, 잊고 싶었던, 그러나 단 한 번도 완전히 사라지지 않았던 과거.

"나는…. 그냥 도망쳤어. 어디로 도망쳤는지도 몰라. 그냥, 까맣게- 기억이, 끊겨버렸어."

로렐은 조용히 용민을 바라보았다.

그녀는 이 문방구 주인이 단순히 엉뚱한 괴짜 아저씨인 줄만 알았었다. 하지만 지금, 눈앞의 이 남자는, 무너진 시대의 잔해 속에서 살아남은 생존자였던 것이었다.

"나는 잊은 줄 알았어….."

그는 총을 바라보며, 마치 그것이 자기 자신의 죄책감이라도 되는 듯 손끝을 떨었다.

"기억상실증이라고 다들 말했지. 정신이 좀 이상해졌다고. 근데 그게…. 병이 아니라, 내가 날 지키기 위해 만든 방패였어. 그때 아무것도 못 한 나 자신을 보지 않으려고….."

정적이 흘렀다.

문방구 안의 먼지들이 천천히 떠다녔다. 마치 이 순간마저 숨을 죽이는 듯, 모든 사물이 용민을 향해 귀를 기울이는 것 같았다.

11장

시간

10월 26일, 2019년

　아침 햇살이 문방구 유리창 너머로 부서져 들어오기 시작했다. 낡은 형광등은 어느새 꺼졌고, 공간은 은은한 푸른빛 속에 잠겨 있었다. 어둠은 엷어지고 하늘은 잉크색에서 서서히 피어오르는 장밋빛으로 물들고 있었다.

　로렐은 마당으로 향했다. 어느새 긴 치마로 갈아입은 로렐의 치맛자락이 풀잎 위에 닿을 때마다 이슬 맺힌 초록이 부드럽게 흔들렸다.

　로렐의 뒤엔, 용민이 있었다. 보통 때였으면 용민이 앞장서서 마당에 있는 우편함으로 향했지만, 오늘은 달랐다.

　그의 통통한 손에는 작고 검은 권총, 발터 PPK가 들려 있었다.

　마당에 있는 빨간 우편함은 살아 있는 것처럼 보였다. 마치 이

순간만을 기다려 온 것처럼, 우편함은 아침 햇살의 맨 앞줄에 서 있었다. 바람이 한 줄기 스쳐 지나가자, 우편함 뚜껑이 스르르 열렸다. 누군가 안쪽에서 살며시 열어주는 것처럼, 조심스러운 숨결처럼.

용민은 우편함 앞에서 걸음을 멈췄다. 손에 들린 총을 내려다 보았다. 총의 차가운 감촉이 그의 손끝을 타고 전해졌다. 그것은 단지 금속의 감각이 아니었다. 그 안엔 시간의 미열이, 과거의 신음이, 정의와 배신의 겹쳐진 감정이, 한 줄기 소음처럼 울리고 있었다.

이 총을 보내면, 비극은 반복될 것이다. 다시 누군가는 쓰러지고, 다시 거리엔 눈물이 흐를 것이었다.

그러나, 그 비극의 불길 속에서 진짜 이름을 찾은 시대, 민주주의의 피 묻은 싹이 움튼 시대 역시, 같이 되살아날 것이었다.

총은 단지 무기가 아니었다. 그것은 시대의 부름에 응답하러 가는 어떤 심장 같은 것이었다. 이 총은 이제, 다시 과거로 돌아가야 했다. 광장의 비명과 계단 위의 고요함, 숨죽인 저항의 날들을 품고 있는 그때로 다시금 던져져야만 했다.

하늘은 서서히 아침을 밀어 올리고 있었다. 새벽의 바람은 무언가를 속삭이듯, 풀잎 사이를 비집고 지나가며 용민의 귓가를 스쳤다.

"다시 고통을 겪게 될 거야. 다시…. 우리가."

그는 그렇게 중얼거렸지만, 그 말끝엔 눈물이 닿지 않았다. 눈물은 더는 흐르지 않았다. 그가 이미 오래전 자신의 마지막 눈물

한 방울까지 광주 금남로 어딘가에 놓고 왔기 때문이었는지도 모른다.

로렐은 그 옆에 말없이 있었다. 그녀도 울지 않았다. 다만, 이슬처럼 맺힌 새벽의 기운이 그녀의 옷깃 위로 흐르고 있을 뿐이었다.

용민은 고개를 들고 한 점의 빛이 닿아 있는 우편함을 바라보았다. 이 철제 상자는 마치 시간의 입을 벌린 짐승 같았다. 비명을 삼키고, 총성을 삼키고, 희생을 삼켜, 다시 과거로 내뱉을 준비를 마친, 차가운 운명의 상자였다.

"우린 또다시 울겠지만, 그 눈물 덕분에 사람들이 노래할 수 있게 될 거야. 민주주의는…. 결국 희생 위에 세워질 수밖에 없으니까."

***

10월 26일, 1979년, 하얼빈

낡은 나무의 향기와 부드럽게 흐르는 빛이 고해성사실을 감싸고 있었다. 그곳은 너무나 고요했고, 마치 시간이 다른 방식으로 흐르고 있는 것처럼 느껴졌다. 좁은 공간 안에는 오래된 의자와 작은 커튼만이 덧대져 있었다. 한쪽 벽에는 성경이 놓여 있었고, 그 조금 위에 1979년 달력이 걸려 있었다. 공간은 아늑하고, 신성한 느낌을 주었다.

나리는 천천히 그 안으로 들어섰다. 남의 꿈속을 걷듯 조심스러운 발걸음이었다. 그녀는 두 손을 모은 채 한동안 가만히 서 있었다.

고해성사실 안은 누군가의 고백이 흘러나와 침전된 듯한 공간이었다. 오래된 고백이 공기 속에 희미한 먼지처럼 내려앉아 있었다. 그곳은 마치 숨겨진 공간처럼, 사람들의 목소리도, 발걸음 소리도 닿지 않는 외딴곳에 자리 잡은 듯했다. 누군가의 고백이, 아니면 무언가의 죄책감이 묻어 있는 그 작은 공간은 나리에게 묘한 감정을 불러일으켰다.

"아늑하네…."

나리는 중얼거리며 고해성사실 안을 더 가까이 둘러보았다. 그때 삐걱거리며 문이 닫혔다.

***

10월 26일, 1979년, 울돌목

선체 바닥에는 달력 하나가 젖은 채로 떨어져 있었다. 1979년 달력이었다. 쉬리는 그 달력을 좀 더 자세히 보기 위해 주우려고 몸을 숙였다.

그때였다.

쉬리의 발아래서 "끼익-" 하는 소리가 났다. 깊은 잠에 빠져 있던 배가, 인간의 손길에 깨어나 비명을 내지르는 것 같았다.

순간, "쾅!"

어디선가 느슨해진 쇳조각 하나가 이탈하며 갑판 위로 떨어졌고, 그 충격음은 울돌목의 바닷물과 맞닿아 거대한 울림으로 반향했다.

배 전체가 순식간에 요동치기 시작했다. 바닥이 기울었고, 그의 무릎 아래에서 물이 '픽' 하고 솟구쳤다. 그 물은 단순한 해수처럼 보이지 않았다. 무언가 안에서부터 밀어 올리는 듯한, 오래된 바다의 기억이 꿈틀거리는 감촉이었다.

배 밑으로 바닷물이 들이차고 있었고, 기울어진 선체가 "우우우-" 하는 긴 신음을 내지르며 마치 거대한 짐승처럼 숨을 토해냈다.

쉬리는 균형을 잃지 않으려 두 팔을 벌렸고, 삐걱거리는 갑판 위에서 한쪽 무릎을 꿇었다. 하지만 선체는 그의 의지를 시험하듯 좌우로 요동치며, 거칠게, 기울어지기 시작했다.

배가- 뒤집히려 했다.

***

10월 26일, 2019년

용민은 로렐을 한번 바라보았다.

로렐은 말없이 고개를 끄덕였다.

이제, 이 총을, 발터 PPK 권총을, 우편함을 통해 1979년으로 보낼 것이었다.

용민은 천천히 총을 우편함에 넣었다.

사각, 소리를 내며 총은 안쪽으로 빨려들었다.

공기가 이상하게 일렁였다.

우편함이 총을 삼키는 그 순간, 주변의 풍경이 미세하게 흔들렸다. 마치 오래된 필름이 스르륵 넘어가듯, 그 안의 과거와 현재가 부드럽게 맞닿았다.

***

10월 26일, 1979년, 하얼빈

고해성사실 문이 닫히자, 어딘가 닫혀야 할 세계가 닫히는 기분이었다.

그 순간이었다.

마치 공기가 잠깐 멎은 것처럼, 나리를 감싸고 있던 시간의 흐름이 찰나에 정지하는 것 같았다. 바깥의 소리- 성당 내부의 미묘한 발소리, 바람에 흔들리는 창문의 진동, 멀리 들리던 관광객들의 말소리까지- 모두 사라졌다. 귀에 들리는 것은 단 하나, 나리의 숨소리뿐. 심장은 평소보다 조금 더 크게, 조금 더 느리게 뛰는 것 같았다.

그리고 문득, 고해성사실의 바닥이 아주 미세하게 떨리는 듯한 감각이 전해졌다.

처음엔 착각인 줄 알았다. 하지만 그 떨림은 곧 공간 전체로 번졌다. 천천히, 그리고 은밀하게. 벽이 아주 살짝 흔들리고, 위에서 내려오던 햇살이 물결처럼 일렁이기 시작했다. 빛은 빛이 아닌 듯했고, 공기는 공기 아닌 것처럼 느껴졌다.

나리의 동공은 지진하기 시작했다. 눈앞의 풍경이 흔들렸다. 성당의 색이 한 톤씩 바뀌고, 공기 속 먼지가 천천히 반대로 흘러가는 것처럼 보였다. 바람은 불지 않았지만, 그녀의 베일이 느릿하게 움직였다.

시간이 흐르는 방향이, 어쩌면 바뀌고 있는 것만 같았다.

그건 어지러운 착각이 아니었다. 마치, 지금, 이 순간- 이 작은 고해성사실이 시간과 공간의 틈새로 아주 살짝 미끄러진 듯한, 어딘가와 어딘가 사이의 문이 열린 것 같은 느낌이었다.

나리는 숨을 삼켰다. 고해성사실 안의 어둠이 무겁게 내려앉았고, 문 뒤편에서 들려오던 낮은 종소리 하나가 마치 먼 옛날로부터 울려오는 듯 멀고도 낯설게 들렸다.

나리는 문득 떠올랐다. 자신이 여기에 온 이유가 어쩌면 이 고해성사실을 지나야만 비로소 알게 될지도 모른다는 예감이었다.

나리는 무심코 고해성사실에 걸려 있는 달력을 바라보았다.

1979년 10월. 그러나 이상하게도 숫자가…. 움직이고 있었다.

'7'이라는 숫자가, 기도를 드리듯, 인사를 하듯 몸을 숙이며 고꾸라지더니 '0'이라는 숫자로 바뀌었다.

1909.

달력은 더 이상 1979년이 아니었다. 1909년이었다.

* * *

10월 26일, 1979년, 울돌목

배가 마침내 뒤집혔다. 차가운 파도 소리도, 억센 바람 소리도, 모두 멎어버린 듯한 정적 속에서, 쉬리는 깜빡 눈을 감았다가 떴다.

숨이 턱 막힐 만큼 답답한 공간과, 폐 속을 적시는 듯한 짠 내, 그리고 피와 연기, 젖은 나무의 향이 쉬리를 짓눌렀다.

눈앞엔 낯선 공간이 펼쳐져 있었다. 금속과 플라스틱으로 이루어진 현대의 흔적은 어디에도 없고, 온통 거칠게 다듬은 목재의 선실이었다. 기둥마다 칼자국과 불에 그을린 흔적이 있었고, 천장엔 등 대신, 그을음으로 뒤덮인 기름등잔이 매달려 있었다.

쉬리는 천천히 몸을 일으켰다. 뒤집힌 충격으로 뒤엉킨 배의 내부, 바닥이라고 해야 할지, 천장이라고 해야 할지도 모를 그곳에 쉬리가 주우려고 했던 달력이 있었다.

젖어서 쭈글쭈글해진 달력 한 장이었다. 쉬리는 그것을 뚫어지게 바라보았다.

1979년 10월. 그러나 이상하게도 숫자가…. 움직이고 있었다. '9'라는 숫자가, 느릿하게…. 물속에서 피어오르듯…. 기우뚱-쉬리는 믿기지 않는 눈으로 그것을 보았다. 두 번째 자리의 '9'라는 숫자가 뒤집히며, 서서히 '5'라는 숫자로 바뀌었다. 그리고 뒤의 '7'과 '9' 숫자의 자리가 바뀌었다.

1597.

달력은 더 이상 1979년이 아니었다. 1597년이었다.

***

10월 26일, 2019년

이제 40년 전, 한 성당에서, 이 총을 받을 것이었다. 그 시대, 그 투쟁의 한가운데에서.

용민은 우편함 앞에 한참을 서 있었다. 손끝에 남은 감촉을 바라보며, 입술을 굳게 다물고, 가늘게 떨리는 숨을 내쉬었다.

문방구 안, 시간은 다시 평온해졌고, 빨간 우편함은 아무 일도 없었던 것처럼 조용히 입을 다물었다. 그 앞에 선 용민의 그림자가 길게 늘어졌다.

용민은 바랐다. 지금 이 작은 움직임이, 과거의 그날을, 현재가 과거를 도울 수 있기를.

그리고 그때, 아침 햇살이 완전히 떠올랐다. 동틀 무렵의 빛이 문방구의 먼지를 황금빛으로 물들이며, 새로운 시간의 시작을 알렸다.

12장

조우

10월 26일, 1909년

고해성사실의 정적은 무겁게 가라앉아 있었다. 나리의 숨결은 조용했지만, 심장은 가슴안에서 빠르게 뛰고 있었다. 정말 1909년으로 시간 이동을 한 게 맞는 건지 믿기지 않았다.

그때,

철컥–

고해성사실 맞은편 문이 조용히 열렸다.

그 소리는 평범한 문소리였지만, 묘하게도 성당 전체의 공기가 그 울림에 따라 미묘하게 떨리는 것 같았다.

무거운 외투의 마찰음, 천천히 걸어오는 단단한 발소리. 그 사람은 반대편 방에서 조심스레 무릎을 꿇고, 깊게 숨을 들이마시는 것 같았다.

고해 창의 얇은 칸막이 틈 사이로는 얼굴이 보이지 않았지만, 그 숨소리 하나로도, 나리는 그가 보통 사람이 아니라는 걸 느꼈다.

잠시 침묵이 흐른 후, 그 사람의 기도가 시작되었다.

"주님, 저는 조선을 살리기 위해 왔습니다. 제 이름은 도마입니다. 그리고 이토 히로부미라는 자를 처단하려 합니다."

나리는 숨이 멎는 것 같았다.

'도마'라는 이름. 나리는 몇 시간 전, 희라를 통해 알게 되었다. 조국의 독립을 위해 스스로 목숨을 던졌던 한 남자, 안중근.

목소리는 낮았고 담담했지만, 그 안에는 불타는 듯한 결의가 깃들어 있는 것 같았다.

"이토의 얼굴조차 모릅니다. 그러나, 저에게 알아볼 수 있는 힘을 주십시오. 그의 권력, 그 탐욕, 그리고 백성들의 절규 속에서 제가 그를 알아볼 수 있도록 해 주십시오."

안중근의 기도에 나리는 떨리는 숨을 토했다.

이 남자, 아직 이토를 만나지 못했다. 아직 방아쇠는 당겨지지 않았다. 그러나 그 마음은 이미 한 시대를 꿰뚫고 있었다.

나리는 '안중근 선생님!'이라고 외치고 싶은 충동이 일었지만, 겨우 입을 틀어막았다.

하지만 나리는 알고 있었다. 이 칸막이 하나를 사이에 두고, 자신은 역사의 가장 절박한 장면을 마주하고 있다는 것을.

"주님, 제게, 그를 알아볼 눈을 주십시오. 그 손에 죽는 일이 제 죄라면, 기꺼이 그 죗값은 짊어지겠습니다. 그러나 그를 살려두는 것이 더 큰 죄라면, 저는 이 손으로 정의를 심겠습니다."

그의 말이 끝나는 순간, 나리는 두 손을 모은 채 눈을 감았다. 그녀의 입술 사이로 미약한 기도가 흘러나왔다. 그 어떤 신보다도, 그 어떤 역사보다도, 그 순간의 기도는 깊었다.

그들이 얼굴을 보지 못한 채, 이룰 수 없는 대화를 나누고, 들릴 수 없는 마음을 공유한 순간이었다.

1909년의 안중근과 1979년의 나리는 역사라는 거대한 강물의 한 점에서, 잠시, 기적처럼 스친 것이었다.

나리의 심장이 거세게 뛰었다. 나리는 순간, 안중근 의사가 이토 히로부미의 얼굴을 모른다고 고백한 기도가 가슴에 맺혔다.

나리는 수 시간 전, 희라가 보여주었던 낡은 흑백 사진 속 이토 히로부미의 얼굴이 머릿속에 떠올랐다. 차가운 눈빛에 오른쪽 볼에 커다란 점, 긴 수염을 기르고, 올백으로 머리를 올린 그 얼굴이 떠올랐다.

나리의 시야에 성경책이 보였다. 손이 떨렸다. 나리는 성경책을 집어 들어 펼쳤다. 조심스레, 그러나 단호하게 성경책 맨 뒤, 백색의 공백 페이지 한 장을 찢었다.

마침, 고해성사실 안, 작은 나무 선반 위엔 부드러운 깃털 펜 하나가 놓여 있었다. 그건 누군가 오래전 남겨두고 간 듯한 것이었지만, 오늘, 이 순간을 위해 있었던 것처럼 느껴졌다.

나리는 숨을 고르며 펜을 들었다. 떨리는 손으로, 기억 속에서 끄집어낸 이토의 윤곽을 그려나갔다. 올백 머리, 가늘고 긴 눈매, 콧등 아래로 길게 난 수염, 그리고 화룡점정으로 오른쪽 뺨에 난 큰 점. 서투르지만 분명했다. 이건 사진도, 설명도 아닌, 나리가 간직한 기억의 기록이었다.

빠르게 그림을 그린 나리는 그림을 그린 종이를 칸막이 틈새로 조심스레 밀어 넣었다.

"…이건, 주님이 당신께 보낸 답입니다."

나리가 속삭이듯 말했다.

그 순간- 칸막이 건너편, 숨소리가 멈췄다. 안중근은 마치 심장에 바늘 하나가 박힌 듯 가슴이 철렁 내려앉았다.

여기는 하얼빈. 조선 사람이 있을 리 만무한 이 타국의 성당에서- 그것도 고해성사실 안쪽, 자기 기도를 들은 이는 러시아어나 중국어도 아닌, 익숙하고도 낯선- 조선말을 하고 있었다.

그는 천천히 고개를 들어 칸막이를 응시했다. 단단한 목재 사이로 난 좁은 틈, 그 틈 너머엔 얼굴 하나조차 보이지 않았지만, 조금 전 들은 목소리의 여운이 잔향처럼 그의 귓속을 맴돌았다.

게다가, 이곳은 고해성사실, 신부만이 있을 수 있는 공간이었다. 하지만 분명히 들렸다. 상상할 수 없을 만큼 차분하고 성스러운, 여인의 목소리.

마치….

마치…. 성모마리아가 자신의 기도를 들은 것만 같은 현현의 순간 같았다. 안중근은 무릎을 꿇은 자세 그대로, 칸막이 너머로 밀려온 얇은 종이를 조심스럽게 받아 들었다. 모서리가 조금 구겨진 그 종이는, 누군가 성경책의 마지막 장을 찢어 급히 그린 듯했다. 잉크가 번져 선은 거칠고, 비율도 조금 엉성했다.

하지만, 그 그림 속 인물의 오른쪽 뺨에는 크게 박힌 왕점 하나. 안중근은 그 점에서 시선을 떼지 못했다.

"…."

그림을 바라보던 그의 눈썹이 서서히 찌푸려졌다.

그림 실력이…. 썩 훌륭하진 않았다. 지나가는 꼬마에게 인물 그림을 그려달라고 해도 이렇게 못 그리진 않을 거라고 생각했다.

하지만 그 왕점 하나. 그것은 마치 얼굴 위에 박힌 운명의 낙인처럼, 인상 깊게 새겨져 있었다.

그는 한동안 말을 잃고 종이를 들여다보다, 입술을 꼭 다물었다. 이토 히로부미의 얼굴을 몰랐던 자신에게 이 한 장의 그림이, 이토를 겨눌 신의 사인처럼 느껴졌다.

그때, 칸막이 너머로 다시 고요하고 담담한 목소리가 들려왔다.

"그 얼굴이…. 이토 히로부미입니다."

나리의 목소리는 담담했지만, 어딘가 슬픈 기도가 스며 있는 것 같았다. 마치 그 말을 하는 것 자체가 운명을 거슬러 올라온 고백처럼.

안중근은 보이지 않는 칸막이 너머를 바라보았다. 자신과 함께 있는 이가 누구인지, 이 고요한 성소에 왜 나타난 건지 가슴이 떨릴 만큼 궁금해졌다.

"…당신은, 누구십니까?"

그의 목소리는 조용했지만, 그 안엔 경외와 설렘, 그리고 아주 조금의 떨림이 담겨 있었다.

그 순간, 칸막이 너머의 여인이 잠시 숨을 고르더니, 마침내 말문을 열었다.

"저는…. 지금으로부터 70년 후, 대한민국에서 온 수녀입니다."

그 말이 공기 속에 맺히는 순간, 안중근은 마치 한 줄기 빛이 어둠을 가르고 성소 안으로 스며든 듯한 느낌을 받았다.

대한민국이라는 이름조차 이 땅에선 존재하지 않는 그 시절에, 그 이름을, 그 미래를, 그 사명을 담담히 말하는 그녀.

그는 눈을 감았다. 자신이 지금, 천사를 만난 것 같았다. 천상의 존재가 이토의 얼굴을 알려주고, 미래의 민족을 속삭이며, 자신의 길을 확인시켜 주는 기적.

"대한민국이라면…. 대한제국의 다음입니까?"

안중근은 그림을 손에 쥔 채로 낮은 목소리로 물었다.

"네. 일본에 나라를 빼앗긴 후, 오랜 고통과 투쟁을 지나…. 마침내 되찾은 나라입니다."

나리는 숨을 고르며 대답했다. 나리의 목소리는 뚜렷했고, 말 끝마다 감사와 존경이 배어 있는 것 같았다.

"그렇다면…. 그 나라에서 온 당신이, 지금…. 이 자리에서, 내게 이토 히로부미의 얼굴을 전해준 이유는…. 그 미래가, 잘 살아 있기 때문이겠지요?"

안중근의 눈썹이 미세하게 떨렸다.

나리는 고개를 끄덕였다. 보이지는 않았지만, 그 작고 단단한 고갯짓은 확신으로 전해졌다.

"네, 저희가 지금, 이 자유를 누릴 수 있는 건…. 선생님 덕분이에요. 그 헌신 덕분에 우리는 일제의 그림자를 벗어났습니다."

순간, 안중근의 가슴 어딘가에서 무겁게 웅크리고 있던 무언가가 조용히 울음을 삼키듯 풀어졌다.
"그대들의 시대는…. 그토록 먼 곳이면서도, 이렇게 가까이 있었군요."
안중근의 목소리엔 묵직한 평온이 깃들어 있었다. 마치 자신이 지금 해야 할 일이 더는 망설임 없는 사명으로 다가오는 듯한.
"감사합니다."
나리의 목소리는 기도 같았다. "정말 감사합니다. 선생님."
그녀의 말 한마디가 고해성사실 안의 공기를 떨리게 했다.
그리고 그 떨림 속에서 안중근은 자신이 살아야 할 이유를, 지금, 이 순간 견뎌야 할 무게를, 조용히 받아들이고 있었다.

고해성사실 안은 한동안 말없이 고요했다. 그러나 그 고요함은 결코 침묵이 아니었다. 시간을 뛰어넘은 믿음과 결의가, 말보다 깊은 방식으로 서로를 향해 스며들고 있었다.
그때, 나리 쪽 칸막이 아래로 무언가가 미끄러져 들어오는 소리가 들렸다.
나리는 고개를 숙여 바라보았다. 은은한 성당 조명의 그림자가 드리운 바닥 위로 금속의 둔탁한 빛이 스며 있었다.
작고 단단한 물체. 그것은 바로 탄환이었다.
나리는 손가락을 조심스레 뻗어, 그것들을 손바닥 위에 올려두었다.
묵직했다. 차가웠다. 하지만 이상하게도, 그 속에서 심장이 뛰는 듯한 느낌이 들었다. 고요한 새벽의 공기 속, 이 작은 탄환이 품고 있는 결심과 시간의 무게가 나리의 심장을 뚫고 들어왔다.

그 순간, 안중근의 목소리가 칸막이 너머로 조용히, 그러나 단단히 들려왔다.

"그건…. 이토 히로부미를 쏜 탄환입니다. 수녀님, 그 탄환에 기도해 주실 수 있으시겠습니까."

그는 마치 진짜 신에게 고해하는 이처럼 진지하고, 담담한 어조였다.

나리는 말없이 그 탄환을 바라보았다. 아무것도 쓰여 있지 않은 낡은 금속. 하지만 그 안에는 수많은 이름 없는 민중의 피와 눈물, 무너진 조국의 이름, 그리고 오롯이 한 사람의 결의가 새겨져 있는 것 같았다.

가슴이 저릿했다. 무엇이 정의이고 무엇이 폭력인가, 탄환은 대답하지 않았다.

하지만 나리는 느꼈다. 이 작은 쇳덩이 하나가, 어쩌면 수많은 생명을 구하는 길의 문이 될 수도 있다는 것을.

쇠끝에서 피어나는 차가운 기운 너머로 나리는 마치 과거와 현재, 그리고 미래가 겹치는 기이한 이명을 들었다.

쉬리. 하얼빈으로 오게 된 계기. 박 대통령 암살을 두고 하느님의 응답을 기다리던 쉬리가 떠올랐다.

지금 이 나라는, 수많은 목소리를 억눌러 침묵의 밤으로 몰아넣은 독재자의 손아귀에 있다. 비록 경제적으로 성장했음에도 불구하고. 쉬리는 이에 대한 고민으로 나리와 함께 여기까지 오게 되었다.

그리고 지금, 나리의 손에 있는 탄환은 1909년, 또 다른 독재자를 향해 역사의 문을 열기 위해 빚어진 것. 그 결심이 70년의 시간을 건너 자신에게 있었다.

나리는 떨리는 입술을 꾹 다물었다. 숨을 들이쉬었다. 그리고 마음속으로 중얼거렸다.

'이 탄환이, 만약 이토 히로부미의 심장을 꿰뚫을 그것이라면, 역사의 부름에 응한 정의의 상징이라면, 이 탄환이 대한민국의 독재에 대한 응답일 수 있을지도 몰라.'

나리의 눈동자에, 마치 무언의 불꽃이 피어오르듯 확신이 깃들었다.

작고 차가운 이 탄환. 지금, 이 순간, 그녀에겐 답이 되어가고 있었다. 나리는 조용히, 말을 꺼냈다.

"선생님, 사실 저희도 지금의 시대에서 싸우고 있습니다. 당신께서 목숨을 바쳐 지킨 나라가 지금은 독재정권에 억눌려 있습니다. 수많은 이들이 희생되려 하고 있습니다."

나리의 말에 칸막이 너머, 숨소리가 멈춘 듯했다.

"그런데…. 선생님께서 이 조그만 탄환들을 넘겨주신 순간, 느꼈습니다. 이게, 답일 수 있다고."

나리는 천천히, 그리고 정성스럽게 말끝을 맺었다.

"선생님…. 이 탄환 중 몇 발을, 지금의 우리가 싸워야 할 어둠을 향해 쏠 수 있도록 주실 수 있겠습니까?"

말의 무게가 곧 운명의 무게처럼 느껴졌다.

그리고 칸막이 너머, 안중근의 숨소리가 가볍게 떨렸다. 그 떨림은 마치 기도 같았고, 결심 앞에 선 침묵 같았다.

그 작은 틈 사이로 한 세기의 시간이 맞닿고 있었다.

한참을 침묵하던 안중근의 목소리가 마침내, 아주 낮게 울려 퍼졌다.

"…그게 평화를 위하고,"

그의 음성은 담담했지만, 그 안에는 가늠할 수 없는 결의가 담겨 있었다.

"나라를 위한 길이라면…."

안중근은 조용히 말했다.

"…가져가십시오."

고해성사실에 엄숙한 공기가 감돌았다.

"그 할로 포인트 탄환이 수녀님 시대의 어둠을 꿰뚫을 수 있다면."

안중근의 말에 나리는 탄환을 두 손으로 감싸안았다. 마치 성배처럼. 그것은 작고 차가운 금속 덩어리에 불과했지만, 그 안에는 두 사람의 각오와 한 민족의 운명이 담겨 있었다.

나리는 탄환을 눈앞에 들고 작은 숨을 고른 뒤, 목에 걸고 있던 은빛 십자가 목걸이를 손에 잡았다. 그리고 목걸이에 달린, 자신이 평생 품어온 신앙의 상징인 작은 십자가를 탄환 위에 천천히 눌러 새기기 시작했다.

지지직,

금속을 스치는 가느다란 소리. 그 안에, 그녀의 기도가 함께 새겨졌다.

"이 탄환이…. 죽음이 아닌 정의를 이루는 도구가 되게 하소서. 역사가 이 총성을 기억할 때, 그것은 분노가 아닌, 평화를 향한 울림이 되게 하소서."

작은 입술이 떨리는 기도를 속삭이고, 그 기도는 마치 고해실 안의 공기 속으로 스며들었다.

십자가 자국이 탄환 표면에 은은하게 새겨졌을 때, 그녀는 조심스럽게 두 손으로 감싸 쥔 탄환들을 칸막이 틈 아래로 다시 밀어 넣었다.

작은 쇳덩이들이 다시 안중근 쪽으로 굴러갔고, 그 순간, 그들의 기도는 하나의 의지로 이어지는 듯했다. 안중근은 손끝으로 되돌아온 탄환들을 꼭 쥐고, 그 속에 깃든 따스한 기도를 가만히 느꼈다. 안중근은 깊고 낮게 숨을 들이쉬었다.

"이제…. 준비가 되었습니다."

나리의 목소리는 더없이 단단하고, 또한 더없이 부드러웠다.

안중근은 잠시 말없이 그 탄환을 바라보았다. 탄환의 표면에서는 나리가 새긴 은빛 십자가 자국이 작지만 또렷하게 빛나고 있었다.

"감사합니다. 수녀님."

안중근은 짧게 말했다. 하지만 그 안에 담긴 결의는 태풍처럼 무겁고 또렷했다.

안중근은 이후 나리에게 짧게 더 몇 마디를 남기고는 자리에서 천천히 일어섰다. 고해실의 문이 밀리는 소리, 그리고 묵직한 군화 소리. 성당의 낡은 나무 마룻바닥이 그의 발걸음 아래서 조용히 울렸다. 그의 검은 외투 자락이 문틈 너머로 스르르 사라지며, 한 사람의 운명이, 한 나라의 역사가, 하얼빈역을 향해 나아가기 시작했다.

남겨진 나리는 칸막이 틈 사이로 그의 마지막 발걸음을 놓치지 않으려는 듯 칸막이 틈새를 바라보고 있었다. 그녀의 손안에는 안중근이 남기고 간 두 발의 탄환이 고스란히 쥐어져 있었다.

그 탄환은 따뜻하지도 않았고, 무겁지도 않았지만, 그녀의 심장은 마치 그것을 감당하기엔 너무 작게 느껴졌다.

눈물인지 땀인지 모를 무언가가 나리의 뺨을 타고 흘렀고, 나리는 두 눈을 감고 작은 속삭임으로 기도했다.

"부디…. 그분의 뜻이, 그분의 총성이…. 세상을 좀 더 나은 방향으로 갈 수 있게 해주세요."

이제, 나리는 더 이상 과거에 떨어진 이방인이 아니었다. 한 시대를 이은 증인이었고, 곧 다가올 선택의 시간 앞에 선 또 하나의 사람이었다.

***

10월 26일, 1597년

쉬리의 눈앞엔 거칠게 다듬어진 목재의 벽과 선반에 놓인 지 오래된 해도, 그리고 거센 파도를 막기 위해 두껍게 밀폐된 창살 문이 있었다.

그 창문 사이로 새어드는 아침 햇살은 부드러웠지만, 이상하리만치 따뜻하지 않았다. 그 빛은 지금 쉬리 시대의 것이 아닌 것 같았다.

쉬리는 머리를 감싸 쥐었다. 온몸이 젖어 있었고, 뱃멀미가 올라올 듯 어지러웠다. 하지만 피부에 닿는 공기의 질감, 나무에서 풍겨오는 진한 송진 냄새, 그리고 발아래에서 두드득, 두드득 울리는 진동은 너무도 선명했다.

쉬리는 선실 중앙에 놓인 책상 위에 손을 올렸다. 단단하고, 무겁고, 낯선 결의 나무였다. 책상 위에는 비단 천에 싸인 편지 꾸러미와 인주가 묻은 인장 함, 검붉은색의 필묵이 있었다.

그중 하나를 집어 들었을 때, 아직 마르지 않은 붓끝에서 은은한 먹 향이 흘러나왔다.

"여긴….”

쉬리는 1597년으로 이동을 했다는 게 스스로에게도 믿기지 않아, 다시 주변을 둘러보았다.

벽에는 활과 화살통이 걸려 있었고, 한편엔 등줄기마저 뻣뻣해지는 장군의 갑주가 정좌해 있었다. 이 공간은 단순한 선실이 아니었다.

누군가 전장을 앞두고 머물던, 전투선의 장군실이었다.

쉬리는 주저앉았다. 달력에 있던 1597이라는 숫자, 점쟁이의 암호, 그리고 이 낯선 공간.

그 모든 게 맞물렸다. 쉬리는 과거로 온 것이었다. 그것도, 단순한 과거가 아니라 역사 속 격전지 한복판, 울돌목으로.

쉬리의 숨결이 점점 거칠어졌다.

그 순간, 배 밑에서 북소리가 울려 퍼졌다.

'둥, 둥, 둥….'

전투를 알리는 신호처럼, 규칙적이면서도 위협적인 진동이 선실 바닥을 타고 쉬리의 발끝까지 올라왔다.

그때, 갑작스레 들려온 끼익- 하는 나무 문짝 소리에 쉬리는 깜짝 놀랐다. 문이 열리며, 해무를 뚫고 들어온 찬 바람이 선실 안을 스치듯 지나갔다.

저벅, 저벅,

무겁고도 단단한 발소리. 그걸 따라, 단정하고 절제된 기운이 공간을 압도하며 들어섰다.

쉬리는 숨을 삼켰다. 손에 땀이 차고, 등줄기를 타고 긴장감이 흘렀다. 그리고 그의 두 눈은 서서히 선실 너머에서 걸어 들어오는 한 사람에게 고정되었다.

그 사람은 묵직한 흑색 철린 갑주를 입고 있었다. 어깨에는 짙은 감색의 도포가 덧입혀져 있었고, 허리춤에는 붉은 술 장식이 달린 장검이 조용히 매달려 있었다.

그의 얼굴은 피로했으나 날카로웠고, 눈빛은 고요했으나 깊은 바다처럼 흔들리지 않았다. 눈가에는 전장에서 수십 번 생사를 넘나든 자만이 지닐 수 있는 비장한 결의가 서려 있었다.

그는 이내, 느리지만 힘 있는 발걸음으로 방 안을 훑었다. 쉬리는 본능적으로 몸을 낮추려다, 하지만 자신이 더는 숨을 수 없음을 직감했다.

그의 시선이 곧장 자신에게 꽂혔기 때문이었다.

"…자네는 누구인가."

그 목소리는 낮았으나, 칼처럼 서늘했다.

쉬리는 순간, 온몸이 굳는 느낌을 받았다.

"복장이…. 이곳 사람은 아닌 것 같군."

그 말이 들려오는 순간, 쉬리는 깨달았다.

그의 눈앞엔 역사 속 인물, 수없이 읽었던 책과 기록, 임진왜란에서 조선을 구한 충무공 이순신임을 알게 되었다. 하지만 지금 그가 마주한 인물은 단지 위인이 아닌 곧 결전을 앞둔 전장의 사령관이었다.

쉬리는 멍하니 이순신을 바라보았다. 이순신 장군의 눈빛이 매섭게 박혀 들어왔다. 숨을 쉬는 것조차 조심스러웠다.

"…말하지 않으면, 첩자로 여길 수밖에 없네."

이순신의 목소리는 위협적이진 않았지만, 단호했다. 그 앞에서 쉬리는 두 손을 조심스레 모으며 말했다.

"…저는…. 저도…. 장군님처럼 나라를 위해 일하는 사람입니다. 제 본래 시대는 1979년입니다. 여기서 400년 뒤의 미래입니다."

순간, 선실 안이 조용해졌다.

기름등잔의 불꽃만이 작게 흔들리며, 나무 벽에 이순신의 그림자를 출렁이게 했다.

이순신의 눈썹이 미세하게 떨렸다. 입가에선 잠시 말이 멈췄고, 손끝에서 긴장감이 감돌았다.

"지금 장난하는 겐가."

이순신은 날카로운 시선으로 쉬리를 보았다.

"아닙니다. 믿기 힘드시겠지만, 저도 이해 못 할 상황을 겪으며 이 시대로 오게 되었습니다. 울돌목의 난파선에 있었는데…. 배가 뒤집히면서 정신을 차려보니 여기였습니다."

쉬리의 표정은 진실돼 보였다.

이순신은 침묵했다. 그의 시선이 잠시 쉬리의 허름한 구두, 멜빵 바지춤에 걸려 있는 권총과 수류탄, 손목에 찬 메탈 시계, 젖은 와이셔츠를 훑고 지나갔다. 그 무엇도 이 시대의 물건이 아니었다.

"…거짓은 아닌 것 같군."

그의 음성은 낮았지만, 깊은 울림을 품고 있었다.

"…하늘의 이치란…. 참으로 기묘하구나."

이순신은 쉬리를 바라보았다. 전장의 폭풍을 이겨낸 장수의 눈빛이었지만, 그 안엔 지금 설명할 수 없는 감정의 파도가 일렁이는 것 같았다. 그는 조용히 한 걸음 뒤로 물러섰다.

"이 결전의 순간을 앞두고…. 그리 먼 훗날의 나라에서 온 자와 마주하게 되었단 말인가."

이순신은 창밖에 멀리 보이는 바다를 바라보며 말했다.

"어쩌면 자네, 하늘이 보낸 자일 수도 있겠구먼."

이순신은 낮은 목소리로 말했다.

잠시 침묵이 흘렀다. 선실 바깥 어딘가에서 갈매기가 한 번 울고 날아올랐다. 그 소리에 선실이 가볍게 울리며 천장에 흔들림을 남겼다.

쉬리는 깊게 숨을 들이켰다. 그리고 마치 속을 헤집듯 내면의 말을 꺼냈다.

"저는 아직, 제가 이곳에 왜 왔는지는 모르겠습니다. 하지만 장군님께 답을 구하라는 하느님의 뜻이 있는 것 같습니다."

쉬리는 정중하게 말했다. 이순신의 눈썹이 약간 꿈틀했다. 쉬리는 말을 이었다.

"제가 살고 있는 1979년은, 한 사람이 권력을 갖고 나라를 이끄는 시대입니다. 행동거지를 잘못하면 끌려가고, 고문당하고, 죽임을 당할지도 모르는 세상입니다."

쉬리의 입술이 살짝 떨렸다.

"하지만 그 지도자는 동시에 나라를 부강하게 만들었습니다. 가난했던 국가를, 세계 앞에 세우려 했습니다. 공장을 짓고, 도로를 뚫고, 국민에게 먹고 살길을 만들었습니다."

쉬리는 손을 조용히 가슴 위에 얹었다.

"그 지도자를 제거하려는 계획이 있습니다. 그것이 정의인지,

아니면 또 다른 폭력인지, 전 혼란스럽습니다. 무엇이 맞는 선택일까요. 그 지도자를 막아야 하는 걸까요? 아니면….”

쉬리는 조심스레 이순신을 바라보았다.

"그래서…. 저는 장군님께 묻습니다. 나라를 구한 분께…. 저는 무엇을 해야 옳은 건지….”

쉬리의 눈엔 진심과 두려움, 혼란과 갈망이 뒤섞여 있었다. 마치 바다의 물결이 서로 다른 방향에서 밀려오듯, 그 마음속의 감정들도 방향을 잃고 흔들리고 있었다.

이순신은 말없이 쉬리를 바라봤다. 장군의 눈빛엔 깊은 슬픔과 통찰이 서려 있었다. 그리고 그 시선은 쉬리의 마음 가장 깊은 곳까지 꿰뚫고 들어갔다.

이순신은 아무 말 없이 조용히 자리에 앉았다. 기름등잔이 바람도 없는 공간에서 조용히 깜박였다. 그 불빛이 장군의 눈동자에 고요히 일렁였다.

쉬리는 숨을 죽였다. 장군은 방금 전보다 더 깊은 바다를 담은 얼굴로, 깊은 생각에 잠긴 듯했다.

그리고 마침내, 낮고 단단한 목소리로 입을 열었다.

"옳은 것이 무엇이냐…. 묻는 자네를 보며, 나는 젊은 시절의 나를 본다.”

이순신은 잠시 고개를 들어 천장을 바라보았다. 그곳엔 칼에 그은 듯 깊은 금이 가 있었다. 전란의 흔적일 것이었다.

"옳은 일을 한다는 것은, 때로 칼보다 더 위험한 도끼를 쥐는 것과 같지. 도끼가 어디를 향할지는, 잡은 이의 심지에 달려 있네.”

이순신은 쉬리를 똑바로 바라보았다.

"나는 수많은 죽음을 눈앞에 두고 싸웠다네. 왜군을 죽이기 위해 배를 띄었고, 죽음을 앞두고도 물러서지 않았지. 그러나 그 선택이 옳았는지는, 누구도 확신해 주지 않았다네."

이순신은 숨을 고르고 말을 이었다.

"나는 매일 그 질문과 싸웠다네. 이 바다를 지켜내는 것이 맞는 건가? 백성들을 전쟁터로 몰아넣는 것이, 과연 바른가? 내가 명을 거스르며까지 해온 이 선택이, 역사의 죄가 되지는 않을까…."

이순신은 잠시 시선을 떨어뜨렸다. 굳은 손가락이 무릎 위에서 깍지처럼 얽혔다.

"허나 그 질문에 누구도 정확한 답을 줄 수는 없었네. 왕도, 신하도, 나 자신도. 옳음이란, 때로는 시대에 따라 달라지고, 권력을 쥔 자에 따라 휘어지며, 사람들 사이에선 늘 다르게 보이기 때문이지."

이순신은 쉬리를 바라보았다. 고요한 시선, 그러나 꿰뚫는 듯한 눈빛이었다.

"나도 사람인지라, 완전하지 않다네. 내 눈도, 내 마음도 흐릴 때가 많았지."

이순신의 손이, 눈앞에 놓인 나무 탁자 위를 천천히 쓸었다. 마치 잊힌 이름들을 어루만지듯.

"하지만 단 한 가지는 분명히 알았다네. 진정 옳은 것은, 자신의 두려움을 마주하고도 그 두려움을 감내할 수 있는 용기를 가지는 것이었다는 것을."

이순신은 잠시 말을 멈췄다. 등 뒤로 조용히 흔들리는 등잔불이 그의 그림자를 크게 드리웠다. 그림자조차도, 흔들림 없이 곧았다.

"사람은 누구나 약하네. 두렵지 않은 이는 없고, 상처 입지 않기를 바라는 건 본능이야. 허나 나를 가장 괴롭게 했던 건, 두려움을 넘어서…. 그 두려움에 기대어 '나 자신을 먼저 지키고 싶다.'라는 유혹이었지."

이순신의 시선은 깊어졌다. 쉬리는 그 안에서, 전쟁터 위에서 수도 없이 결정을 내려야 했던 장군의 고뇌를 보았다.

"내가 옳다고 여긴 것들은…. 언제나 나 하나의 평온과는 거리가 멀었네. 왜냐하면, 옳은 것을 따른다는 건 자신의 안일함을 내려놓는 일이었거든. 명예를 잃을 각오, 목숨을 버릴 각오, 때론 동료들조차 등을 돌릴 것을 감수해야 했지."

이순신은 짧은 숨을 고르며, 불빛 아래에 고요히 선 채로 말했다.

"옳은 것을 위한 일이라면, 그 무엇도 희생하지 않을 수는 없네."

순간, 쉬리의 가슴이 철렁 내려앉았다. 이순신의 말은 칼처럼 예리했다. 쉬리는 그 칼끝이 정확히 자신의 가장 깊은 망설임을 꿰뚫고 있다는 걸 느꼈다.

이순신은 말을 이었다. "나는 전장에서 수많은 결정을 내려야 했네. 살아남을지, 죽을지를 떠나서…. 그 결정이 누구를 위한 것인지를 늘 먼저 물었지. 단 하나라도, 내 한 몸 고통을 겪어서 백성의 고통을 줄이는 길이라면, 그게 내겐 옳았네."

그 말에, 쉬리는 눈을 질끈 감았다. 심장이 요동쳤다. 귓속에서 북소리 같은 고동이 울렸고, 이순신의 말 한 자 한 자가 쇳덩이처럼 가슴에 박혔다.

"진정 옳은 것은, 언제나 불편하고, 언제나 외롭고, 무엇보다…. 누군가에겐 두려운 것이네."

잠시 침묵이 흘렀다. 불빛이 일렁이며, 장군의 옷자락을 타고 바닥에 긴 그림자를 만들었다.

쉬리는 조용히 듣고만 있었다. 그 말은 단지 정의에 대한 말이 아니었다. 삶에 대한 신념, 그리고 자신을 스스로 불속에 던진 사람만이 할 수 있는, 말이었다.

이순신은 잠시 숨을 골랐다.

"그대가 처한 시대는, 내가 알 수 없지만…. 그대가 느낀 분노와 갈등, 그 또한 지켜야 할 것이 있었기에 생긴 마음일 것이네."

이순신은 한 발 앞으로 다가와, 쉬리를 바라보았다.

"하지만 고통을 줄이기 위해 두려움을 외면하는 것. 그것이야말로, 옳지 않은 일이 아닐까."

쉬리는 그 말에 몸을 떨었다. 눈앞에 있던 장군의 모습이, 더 이상 옛사람 같지 않았다. 그는 마치 시대를 넘어 인간의 본질을 꿰뚫는 존재처럼 보였다.

쉬리는 아무 말도 할 수 없었다. 이순신 장군의 말이, 마치 검처럼 그의 가슴에 꽂혔다. 숨이 멎는 듯한 고요가 선실 안을 감쌌다.

이순신의 말이 머릿속에서 천천히 울리고 있었다. 머리가 아찔했다.

눈앞에서 천천히, 1970년대의 거리 풍경이 스치듯 떠올랐다. 경제성장, 민족자존, 위대한 지도자…. 하지만 그 아래에선, 민주주의를 이룩하려는 수많은 이름 없는 이들이 침묵을 강요당했다. 표현의 자유는 억눌리고, 신념은 긴급조치 아래에 묶였으며, 의문을 품는 이들은 낙인과 배제를 겪었다.

쉬리는 깨닫기 시작했다. 경제성장이라는 업적은 두려움을 마주하고 맞서 이루어진 것이 아니라는 것을. 지도자는 자신의 자리에서 희생을 감수하기보다, 주변의 고통과 분노를 철저히 억누른 채 권력을 유지했고, 경제성장은 국민 한 사람 한 사람의 고통과 목소리를 통해 이루어졌다는 현실이었다.

쉬리는 두 손으로 머리를 감쌌다. 심장이 너무 세차게 뛰어, 갈비뼈를 부술 것만 같았다.

그때, 눈앞에 있는 이순신 장군의 눈빛을 보았다. 그 깊고 단단한 시선. 죽음을 앞두고도 물러서지 않았던, 고독하고도 고결한 결심.

쉬리는 입술을 깨물며 일어섰다. 온몸이 떨렸지만, 그 떨림은 이제 두려움이 아니었다.

"맞습니다…. 장군님…."

쉬리는 떨리는 목소리로 말했다.

"저는 두려움을 외면하고 있었습니다. 제가 비겁했습니다. 하지만 그 길이, 정의를 향한 길이라면…. 저는 더 이상 두려움을 핑계 삼지 않겠습니다."

쉬리는 고개를 들었다. 이순신의 눈을 마주했다. 비로소 흔들림 없는 눈으로. 그러고는 두 손을 모아 깊이 고개를 숙였다. 가슴안에서 솟구치는 뜨거운 감정을 억누르며, 정중하고 단단한 목소리로 말했다.

"감사합니다. 장군님. 당신의 말씀이, 제 마음 깊은 곳에 있는 어둠을 걷어냈습니다."

쉬리가 내려야 할 결단이, 분명해지는 것 같았다. 쉬리는 이순신 장군의 눈을 바라봤다. 그 눈 속엔 수십 번의 싸움을 치러낸, 그러나 여전히 순결한 결의가 깃들어 있었다.

잠시 침묵이 흘렀다. 기름등잔의 흔들리는 불빛이 선실 벽에 그림자를 길게 드리웠다.

그때, 이순신 장군이 조용히 입을 열었다. 눈빛은 여전히 예리했지만, 그 속엔 어딘가 멀리 있는 것을 보는 듯한 기색이 스며 있었다.

"자네…. 400년 후에서 왔다고 했지…. 그렇다면…. 이 전투가 어찌 되는지를 알고 있겠군."

이순신의 말투엔 망설임이 없었다. 전장에 선 장수가 최후의 결심을 굳히는 순간, 그것은 예언을 묻는 것이 아니라 결과를 받아들일 준비를 마친 이의 질문이었다.

쉬리는 눈을 들었다. 이순신의 눈빛은 칼처럼 맑고, 흔들림이 없었다.

"…이 전투는 장군님의 승리로 끝날 것입니다. 그리고 왜군은 조선 땅에서 완전히 몰아내질 것입니다."

쉬리가 말했다. 이순신은 천천히 눈을 감았다가 떴다. 그건 만족도, 기쁨도 아닌, 옳은 길을 가야 한다는 확고한 결의처럼 보였다.

"그러면…. 훗날의 조선은 어떠한가."

이순신의 목소리는 낮았지만, 선실 바닥을 울릴 만큼 단단했다. 쉬리는 말없이 입술을 꾹 다물었다. 그 질문 하나에 담긴 무게를 너무도 잘 알고 있었기에. 그 질문은 단순한 호기심이 아니었다. 수없이 많은 전투를 치르며, 수없이 많은 죽음을 짊어진 자만이 던질 수 있는 질문. 자신이 목숨 바쳐 지킨 그것에 대한 물음이었다.

쉬리는 순간 다시 깨달았다. 자신이 이제 지키려는 민주주의, 자유, 진실이라는 것이 바로 지금 이 장군이 목숨 걸고 싸우고 있는 그것과 다르지 않다는 것을.

잠시 고요가 이어졌다. 기름등잔의 불빛이 살랑이며 흔들렸고, 나무로 짜인 선실 벽에는 두 사람의 그림자가 길게 겹쳤다.

쉬리는 천천히 입을 열었다. 목이 말라왔고, 말 하나하나가 무겁게 가슴에서 올라왔다.

"…앞으로 300년 뒤, 일본은 다시 재정비하여 이 나라를 침략합니다."

쉬리의 말이 끝나는 순간, 선실 안에 침묵이 흘렀다. 기름등잔의 불빛이 바람도 없이 흔들리고, 선실 벽에 드리워진 그림자들이 길게 흔들리며 무너지는 듯했다.

"…그러한가."

이순신 장군은 감정을 삼키듯 담담하게 말했다. 그저 깊은 심연 속으로 자신을 스스로 가라앉히며, 운명의 무게를 떠안으려는 한 사람의 고요한 결의가 느껴졌다.

그 순간, 선실 바깥에서 갑자기 귀를 울리는 북소리가 울려 퍼졌다.

텅, 텅, 텅-

깊고도 무거운 음색이, 파도 소리를 뚫고 바다를 진동시켰다. 이어진 것은 장군실 바깥에서 들리는 거친 목소리였다.

"장군, 왜군이 나타났습니다!"

쉬리는 문득 생각했다. 이 목소리는 전란의 시작부터 이순신 곁을 지킨 충직한 군관, 송희립일 거라고.

배의 목재가 떨리기 시작했다. 북소리의 진동이 선체를 타고 전해지며, 선실 안에까지 파고들었다. 바다 건너 몰려온 죽음 기척, 그 모든 것이 선실의 고요함을 찢고 들어왔다.

이순신은 눈을 감고 잠시 북소리를 들었다. 그의 숨결이 길고 낮게 가라앉았다. 그리고 천천히 눈을 떴다. 그 눈동자엔 오직 결의만이, 칼끝처럼 맺혀 있었다.

쉬리는 본능적으로 발을 뒤로 뺐다.

명량해전.

이순신이 단 13척의 배로 나라를 지켜내는, 역사의 경계선 위.

장군은 천천히 돌아보며 쉬리를 향해 고개를 끄덕였다.

"고맙네. 자네, 이름이?"

그 짧은 한마디에, 장군은 모든 감사를 담았다. 미래를 알게 해 준 것, 그리고 자신이 지켜야 할 것들을 다시금 일깨워 준 것. 그 모든 무게를 담아, 장군은 다시 한번 칼집을 움켜쥐었다.

"박쉬리라고 합니다."

쉬리의 말에 이순신은 피식하는 미소를 보이고는 등잔불 앞을 지나며 문고리를 잡았다.

그 순간, 그의 그림자가 선실 벽에 길게 드리웠고, 바깥의 북소리는 더욱 요란해졌다. 문이 열리는 찰나, 찬 바닷바람과 함께, 전쟁의 냄새가 선실 안으로 스며들었다. 그는 단 한 치의 망설임도 없이 앞으로 나아가려 했다.

그 순간,

"장군님!"

쉬리가 이순신을 불렀다. 이순신은 멈춰 섰다. 그는 고개를 천천히 돌려, 쉬리를 바라보았다.

쉬리는 자신의 허리춤으로 손을 가져갔다. 검은색 가죽끈에 단단히 고정되어 있던 그것, 바로, 수류탄이었다.

반짝이는 금속 표면 위로, 기름등잔의 불빛이 은은하게 일렁였다. 쉽게 꺼낼 수 없는 물건이었다. 그는 그것을 잠시 바라보며 숨을 삼켰다.

"…이건, 제가 있는 시대의 무기입니다. 작고, 낯설게 생겼지만…. 엄청난 위력을 가졌습니다."

이순신은 미간을 좁히며 그 이상한 물건을 응시했다. 쉬리는 그것을 양손에 받들듯 들고, 조심스럽게 다가갔다.

"지금, 이 바다에서, 장군님은 단 13척으로 수백 척을 상대하셔야 합니다."

쉬리는 숨을 고르며 이순신의 눈을 마주 보았다.

"전 이걸 장군님께 드리고 싶습니다. 이게, 작은 힘이라도 될 수 있다면…."

이순신은 말없이 수류탄을 내려다보았다. 이해할 수 없는 구조, 처음 보는 물건. 하지만 장군의 눈빛은 흔들리지 않았다. 그는 천천히 손을 뻗었다.

"마치, 작은 비격진천뢰 같구나."

이순신은 조심스럽게 수류탄을 손에 쥐면서 말했다. 그러자, 그 무게가 이순신에게 전달되었다. 금속이지만, 무쇠보다 무겁게 느껴지는 책임감의 무게였다.

"맞습니다. 장군님. 이 고리를 뽑고, 적의 중심에 던지면…. 4~5초 뒤, 근방의 적들을 몰살시키는 폭풍이 일어납니다. 그러니 조심해서, 정말 필요한 순간에 사용하셔야 합니다."

이순신은 고개를 끄덕였다. 그의 눈빛 속엔 이해와 신뢰가 있었다.

"알겠네. 자네가 내게 준 마음의 무게는 충분히 느꼈다네."

그리고 이순신은 수류탄을 조심스럽게 품속에 넣었다.

"고맙네, 쉬리."

그 말과 함께, 장군은 다시 선실의 문을 열고, 함성 속으로, 북소리 속으로, 자신이 지켜야 할 바다를 향해 걸음을 내디뎠다.

***

10월 26일, 하얼빈

　나리는 조심스레 고해성사실의 문고리를 돌렸다. 낡은 경첩이 작은 소리를 내며 문이 열렸다. 마치 오래된 꿈에서 깨어나는 것처럼, 세상이 다시 부드럽게 바뀌는 듯했다.

　이제 더 이상 1909년의 하얼빈이 아니었다. 푸석한 먼지 냄새, 갈라진 성당 벽, 창밖으로 흘러가는 시대의 공기. 1979년. 익숙하지만 어쩐지 더 낯설기도 했다.

　나리는 한동안 멍하니 서 있었다. 바로 전에, 칸막이 너머에서 들려오던 안중근의 단단하고도 조심스러운 목소리가 귓가를 떠돌았다. 그 따뜻한 숨결, 짧지만, 깊었던 침묵들, 그리고 그가 자신에게 남긴….

　나리는 조심스레 손을 펼쳤다. 따스한 빛줄기 사이로, 차가운 금속성의 탄환 두 개가 손바닥에 누워 있었다. 시간을 거슬러 온, 너무도 작은 증거.

　나리의 손가락 끝이 살짝 떨렸다. 방금까지 겪었던 일이 꿈이 아니었음을, 그 믿을 수 없는 만남이 진짜였음을, 이 작은 탄환이 조용히 증명하고 있었다.

　바람이 성당 안을 부드럽게 스쳤다. 그 바람 속에, 나리는 어렴풋이 안중근의 기척을 느꼈다. 말하지 않아도 아는, 서로에게 남긴 무언가가, 여전히 이곳에 머물러 있는 것만 같았다.

나리는 천천히 눈을 감았다. 손안의 탄환이, 심장의 맥박처럼 고요하게 뛰는 것 같았다.

* * *

10월 26일, 울돌목

쉬리는 선실 문고리를 천천히 돌렸다. 낡은 나무문이 삐걱거리며 열리자, 순간적으로 파도 소리와 축축한 냄새가 밀려들었다. 그는 문턱을 넘었다.

그러나, 눈앞에 펼쳐진 풍경은 더 이상 거센 북소리와 기름등잔 아래 선실이 아니었다. 어둡고 조용한 쇳내가 공간을 메우고 있었다.

금속제의 부식된 벽, 쓸쓸히 흔들리는 전선들, 바닥에 고인 차가운 바닷물, 그리고 머리 위로 삐걱거리는 녹슨 철골 구조물들.

이곳은 분명히, 1979년의 난파선이었다.

쉬리는 순간 발걸음을 멈췄다. 주변을 둘러보며 숨을 삼켰다. 그의 가슴은 아직도 격렬하게 뛰고 있었다. 조금 전까지…. 분명히…. 이순신 장군과 함께 있었다.

그 기름등잔의 흔들림, 선실 벽을 스치던 파도의 울림, 그리고 장군의 목소리.

그 모든 것이, 이제는 마치 먼 꿈처럼 아스라하게 느껴졌다.

쉬리는 눈을 감았다. 꿈이라기엔, 너무도 생생했고, 환상이라기엔, 너무도 또렷했다.

그는 허리춤을 더듬었다. 손에 남은 무언가의 감촉. 그 수류탄은 만져지지 않았다. 리볼버의 감촉만이 남아 있었다.

쉬리는 고개를 들었다. 녹슨 난파선의 천장 위로, 미세하게 빛이 새어들고 있었다. 바닷물에 비친 그 빛은 어딘가 등잔 불빛과 닮아 있었다.

쉬리는 천천히 숨을 들이쉬었다. 그리고 한 걸음 내디뎠다. 그곳은 더 이상 어둠의 잔해가 아니었다. 그에겐 이제, 지켜야 할 일이 있었다.

***

1909년 10월 26일, 하얼빈역, 오전 9시 30분경

하얼빈역에는 살을 에는 듯한 찬 바람이 불어왔다. 하늘은 잿빛으로 내려앉았고, 플랫폼엔 긴장감 어린 정적이 가라앉아 있었다. 기차는 칙칙폭폭, 느리게 숨을 몰아쉬며 들어오고 있었고, 역 구내엔 사람들의 조심스러운 발걸음과 낮은 목소리들이 흩날렸다. 그 틈 어딘가, 안중근은 두 손을 주머니에 찔러 넣은 채, 역 구석에 서 있었다.

검은 외투, 모자챙 아래로 드리운 그림자.

그의 눈동자는 하나의 얼굴을 기다리고 있었다.

잠시 후, 일본 수행원들 사이에 둘러싸인 나이 지긋한 사내가 천천히 플랫폼 위를 걷기 시작했다. 안중근은 조심스레 고개를 들었다. 긴 외투와 모자, 느긋하게 걷는 걸음걸이….

그리고,

오른쪽 볼에 찍힌, 둥글고 진한 왕점 하나.

안중근은 숨을 멈췄다. 마치 시간을 거슬러, 고해실 너머에서 엉성하게 그려졌지만 단번에 각인된 그 얼굴. 그 왕점이 지금, 그의 눈앞에 정확히 있었다.

"저자다…."

안중근은 조용히 깊은숨을 들이쉰 뒤 외투 안에서 천천히 권총을 꺼냈다.

브라우닝 M1900.

총열 속에는 조금 전, 고해실에서 수녀 나리가 기도를 올린 .32 ACP 할로 포인트 탄환이 장전돼 있었다. 그녀가 십자가로 새긴, 기도와 믿음의 흔적, 선명한 십자가 자국이, 탄두에 새겨 있었다.

안중근은 총을 들어 올렸다. 그의 눈빛은 흔들림이 없었고, 그의 손은 한 치의 떨림도 없었다. 이건 단지 하나의 총이 아니었다. 이건 역사의 심장을 향한, 믿음의 발포였다.

방아쇠가 당겨지는 순간, 시간이 멈춘 듯했다. 세상의 소음이 사라졌다. 바람도, 사람들의 말소리도, 기차의 증기 소리조차 들리지 않았다.

오직 한 가지, 탄환이 품은 기도와 역사, 희생의 진동만이 울릴 뿐이었다.

탕-! 탕-! 탕-!

시간이 갈라졌다. 한 줄기 섬광과 함께, 십자가의 흠집이 새겨진 탄환이 바람을 찢으며 날아갔다. 그것은 단순한 금속 덩어리가 아니었다. 나리의 손끝에서 기도받은, 정의의 탄환이었다.

그 탄환은 바람을 가르며 날았다. 그리고 정확히, 왕점을 가로지르며- 이토 히로부미의 심장을 향해 꽂혔다.

그의 몸이 휘청이고, 순간 광장의 시간이 무너져 내렸다. 비명, 고함, 호위병의 움직임…. 그러나 안중근은 움직이지 않았다.

그는 그 자리에서 한 발자국도 움직이지 않았다. 오직, 자신이 던진 신념과 기도의 결과가 세상을 어떻게 가를지, 끝까지 바라볼 뿐이었다.

그리고 외쳤다.

"코레아! 우라!"

그 순간, 대한의 역사에 영원히 새겨질 발포가 완성되었다.

***

1597년, 10월 26일, 울돌목, 이른 아침

거센 파도가 울돌목을 뒤흔들었다. 바람은 북소리처럼 휘몰아

쳤고, 바다는 마치 피를 기억하는 전장처럼 거칠게 요동쳤다.

적선 133척, 아군 13척.

숫자는 절망이었다. 그러나 그 절망을 정면으로 마주 선 단 한 척의 배가 있었다. 바다 위를 가르며 나아가는 이순신의 판옥선, 그 갑판 위엔 죽음을 딛고 일어선 하나의 결의가 고요히 타오르고 있었다.

"화포, 대기하라!"

이순신의 목소리가 천둥처럼 내리쳤다. 그 눈빛은 불을 삼킨 듯 날카로웠고, 숨결마저 검처럼 단단했다. 목숨을 담보로 삼은 자만이 품을 수 있는 투명한 불꽃. 그의 외침에 장수들이 목에 핏줄을 세우며 일제히 외쳤다.

"예!!"

전열이 정돈되자 이순신은 천천히 검을 들어 올렸다. 그 검 끝이 하늘을 가리키자, 구름조차 잠시 멈춰 선 듯 적막이 흘렀다. 그리고-

"발사하라!!"

우르르 쾅!

화염이 폭풍처럼 터져나갔다. 불꽃이 하늘을 찢고, 쇠구슬이 적선을 가르며 바다 위에 불꽃의 벽을 세웠다. 그러나 왜군은 무한처럼 밀려왔다. 그들은 화포를 맞아도, 배가 찢겨나가도, 포연 속에서 다시 기어 올라왔다. 끝없는 야수 떼처럼.

"발포하라!! 계속 쏴라!"

이순신의 명령이 이어졌고, 판옥선은 용처럼 불을 뿜었다. 울돌목의 협수로를 따라 조선의 화염이 날아들고, 쇠구슬은 왜선의 갑판을 무자비하게 부쉈다. 그러나 적들은 끊임없이 배에 붙었다. 수십 명의 왜군이 갈고리창을 던져 판옥선의 난간에 매달렸다.

"장군! 왜놈들이 배에 붙었습니다!"

군관 송희립이 고함쳤다. 이미 몇몇 왜군은 갑판 위로 올라오고 있었다. 칼을 쥐고, 이빨을 드러내며, 미친 듯이 덤벼들었다.

"모두 백병전을 준비하라!"

이순신은 검을 두 손으로 움켜쥐었다. 검 자루엔 오래된 금장장식이 벗겨져 있었지만, 그 낡은 칼은 누구보다 강한 결의로 반짝이고 있었다. 갑판 위에서 칼과 창이 부딪히며 불꽃을 튀겼다. 쇠와 살이, 살과 살이 뒤엉켜 울부짖었다. 피가 튀고, 갑판은 붉게 물들어 갔다.

"밀리지 마라! 물러서면, 죽는다!"

그 외침은 단순한 명령이 아니었다. 그것은 전장에서 함께 죽음을 나누겠다는 맹세였다. 조선 수군은 숨을 헐떡이며 칼을 쥐었고, 손은 떨렸지만 결코 놓지 않았다.

그러나 적의 숫자는 너무 많았다. 어느새 판옥선의 절반은 왜군에게 잠식당했고, 검은 연기와 비명이 사방에서 터졌다. 칼이 부러지고, 방패가 깨지고, 조선 수군의 몸이 하나둘 쓰러져 갔다.

"장군! 이제는 정말로, 어렵습니다! 배를 포기해야…!"

송희립의 목소리는 절박했고, 바람을 타고 울돌목 위를 맴돌았다. 이제는 더 이상 물러설 곳이 없었다. 판옥선의 갑판은 지옥이었다. 조선 수군의 시체로 메워졌고, 더는 희망이 없어 보였다. 이순신의 판옥선은 함락된 거나 다름없었다.

"아직…. 아니다."

이순신은 속삭이듯 말하며, 멍하니 적들을 바라보았다. 그 말 한마디가, 무너지는 마음들을 붙잡았다.

그 순간, 피에 젖은 그의 시야 너머, 무언가 번뜩였다.

그는 허리춤을 더듬었다. 전투에 몰두하느라 잊고 있었던 그것. 그의 손끝에 걸려온 낯선 감촉. 차갑고 둥근, 손안에 꽉 들어오는 그 무언가.

이순신은 숨을 깊게 들이쉬었다. 손가락으로 안전핀을 잡고, 천천히, 조심스럽게 뽑아냈다. 그리고 잠시 눈을 감았다. 짧은 순간, 수많은 얼굴이 머릿속을 스쳤다. 죽어간 병사들, 백성들, 그리고 아직 싸워야 할 미래들.

그는 눈을 떴다. 그 눈동자는 흔들림 하나 없었다. 이 작은 금속 덩어리가, 이 처참한 전장의 모든 절망을 바꿀 수 있다면.

이순신은 수류탄을 적들이 가장 밀집한 갑판 한가운데를 향해 겨냥했다.

철컥.

이순신이 손을 놓는 순간, 수류탄은 왜군 한가운데로 굴러들어 왔다. 하나의 쇠공이 왜군의 발밑에서 멈췄다. 왜군 하나가 이를 보고 말했다.

"なんだこれは°"

콰아아아아아앙!!!

순간, 세상이 찢어졌다. 폭발음이 귀를 찢고, 불꽃이 하늘을 삼켰다. 화염과 쇳조각이 거대한 파도처럼 휘몰아치며 적을 삼켰다. 살점이 튀고, 갑옷이 부서지고, 왜군들은 허공으로 날아올랐다가 그대로 바다로 떨어졌다.

이순신은 그 중심에 서 있었다. 그의 투구는 날아가 있었고, 얼굴은 피와 그을음으로 얼룩졌지만, 그 눈빛만은 여전히 불타오르고 있었다.

그렇게, 그 한 척의 배는 끝내 바다 위에 떠 있었다. 붉게 물든 울돌목에, 이순신의 깃발이 펄럭이고 있었다.

*

울돌목의 사나운 물살이 다시 제 흐름을 되찾고 있었다. 산산조각 난 왜선의 파편들이 물 위를 표류하고, 갈기갈기 찢긴 돛과 널빤지 위로 잔잔한 파도가 부서지듯 밀려들었다.

바다를 뒤덮던 피비린내 속에서도, 그곳엔 살아남은 자들의 숨결이 남아 있었다.

이순신은 울돌목 높은 바위 위에 홀로 서 있었다. 붉게 물든 수면 너머, 부서진 적선들의 잔해 너머, 그는 그 너머를 응시하고 있었다. 그 시선엔 무너진 적이 아닌, 짊어진 생이 담겨 있는 것 같았다.

그때, 송희립이 다가왔다. 그는 한참 말없이 서 있다가, 마침내 조용히 입을 열었다.

"장군…. 이건, 기적입니다. 참으로 기적 같은 승리가 아닐 수 없습니다."

그는 고개를 깊이 숙였다. 이순신은 한동안 대답하지 않았다. 말없이 그의 어깨를 바라보다가, 천천히, 아주 낮은 목소리로 입을 열었다.

"…천행이었다."

잠시, 바람이 멎었다. 그 말은 파도보다도 깊게, 조용히 송희립의 가슴을 때렸다. 그의 눈빛이 미세하게 흔들렸다.

이순신은 붉어진 눈가를 감았다. 감은 눈 너머로, 그에게는 여전히 싸움이 끝나지 않은 듯했다. 바다는 고요했으나, 그 고요 속에는 꺼지지 않는 울림이 숨 쉬고 있었다.

10월 26일, 1979년

　성당 위로 저녁노을이 서서히 내려앉았다. 붉고 보랏빛이 섞인 하늘은, 마치 오래된 유화처럼 부드럽게 번져 있었다. 그 빛 아래 금남로 성당의 첨탑은 점점 어둠 속으로 가라앉으며, 검붉게 물든 실루엣으로 저녁의 정적을 길게 끌고 있었다.
　성당 앞에 나리는 말없이 성당을 올려다보며 서 있었다. 그녀의 눈빛에는 헤아릴 수 없는 감정의 잔물이 잔잔히 일렁였고, 입가에는 금방이라도 사라질 듯한 미소가 고요히 머물고 있었다. 마치 오랜 여행을 마치고 고향에 돌아온 듯한 감정이 보이는 얼굴이었다.
　잠시 후, 성당 앞 골목 어귀에서 한 남자가 느릿한 걸음으로 다가왔다. 쉬리였다.

그의 발걸음에는 말로 다할 수 없는 무게가 실려 있었다. 젖은 외투처럼 축축한 피로가 그의 몸에 걸쳐져 있었고, 그의 어깨는 바람과 파도, 죽음과 신념을 끌어안고 돌아온 사람의 무거운 침묵으로 내려앉아 있었다.

성당 계단에 다다른 쉬리는 한동안 말없이 숨을 골랐다. 그의 눈동자 깊은 곳에는 꺼지지 않는 전장의 불꽃이 잔불처럼 타오르고 있었고, 모든 말을 삼킨 듯한 깊고 긴 침묵이 얼굴을 감쌌다.

그를 바라보던 나리는 천천히 앞으로 걸어갔다. 그리고 말없이 그의 앞에 섰다. 그녀의 시선은 쉬리의 지친 얼굴을 정면으로 마주했고, 그 속엔 오래된 정과, 애틋한 연민, 그리고 알 수 없는 불안이 섞여 있는 듯했다.

쉬리는 아무 말도 하지 않았다. 그의 눈빛은 이미 모든 것을 이야기하고 있었기에.

나리는 쉬리 가까이에서 숨소리가 들릴 정도로 작은 숨을 내쉬고, 손을 조심스럽게 내밀었다. 그 손은 마치 성스러운 빛을 머금은 듯, 부드럽고 가녀렸다. 손끝이 쉬리의 어깨를 스치자, 그곳에서 미세한 전류가 흐르는 듯했다.

쉬리는 그 손길에 고개를 살짝 기울였다. 몸은 피곤하고 무겁지만, 그녀의 손끝은 그 무게를 조금이나마 덜어주는 듯했다.

나리는 쉬리의 어깨를 어루만지며, 미묘한 떨림을 느꼈다. 그 손은 가벼운 종처럼, 그의 긴장을 하나씩 풀어주고 있었다. 부드럽게 쥔 손으로, 그의 뒷목을 천천히 쓸어내렸다. 성스러운 침묵이 흘렀다. 시간이 잠시 멈춘 듯, 그 둘만의 세계가 가득 차는 듯했다.

쉬리는 나리의 그 작은 손길에 눈을 감았다. 마음 한구석이 따뜻하게 밀려오고 있었다.

이제 나리는 가녀린 손끝으로 쉬리의 검게 물든 외투 끝자락을 살며시 걷어 올렸다. 그러고는 조심스럽게 상처 난 그의 몸을 탐했다. 뜨겁고 차가운 감각이 뒤섞인 그곳에, 그녀는 따뜻한 손길로 어루만졌다. 손끝에서 전해지는 작은 떨림이 마치 수천 번의 고통을 감싸안는 듯, 고요히 퍼져나갔다.

"고생 많았어."

나리는 숨을 고르고, 가냘픈 목소리로 말했다. 그 말은 쉬리의 귓가에 조용히 걸렸다.

"그런데, 울돌목까지 여행 다녀왔는데, 나한테 줄 선물 안 가져왔어?"

나리는 입꼬리를 살짝 올리며 말했다. 쉬리는 그녀의 장난스러운 말에 그런 그녀를 멍하니 바라보았다.

저녁노을이 성당 창을 타고 내려와 나리의 흰 수녀복에 부드럽게 번졌다. 빛은 그녀를 감싸안았고, 수수하고 단정한 옷맵시 속에서, 순결해 보이는 눈동자 저편에서, 그녀에게는 설명할 수 없는 매혹적인 느낌이 깃들어 있는 듯했다.

"나는 선물 가져왔는데…."

나리는 조금 더 밝은 미소를 보이며 말했다. 저녁 햇살에 비친 나리의 뺨은 부드럽게 붉게 물들어 있었다. 수녀복의 순백과 대비되는 그 연한 홍조는, 마치 눈 내린 벌판 위에 피어난 작은 들꽃처럼 여리고도 아름다웠다.

쉬리는 그 모습을 멍하니 바라보았다. 그녀의 수줍은 미소와, 부드럽게 붉어진 뺨, 그리고 눈부신 저녁 햇살에 감싸인 하얀 수녀복이 눈앞에서 아른거렸다.

그 순간, 쉬리는 자신도 모르게 깊게 숨을 들이쉬었다. 울돌목의 격랑을 뚫고 돌아온 뒤, 그리고 앞으로 해야 할 막중한 임무의 무게로 몸에 남아 있던 피로와 긴장이 서서히 녹아내렸다.

"자, 여기 선물이야."

나리는 싱긋 웃으며 품에서 작은 상자를 꺼내며 말했다. 그 행동은 여전히 장난기 넘쳐 보였지만, 왠지 모르게 그녀의 눈빛은 이전보다 깊고 단단해져 있었다. 석양빛마저 꿰뚫을 듯한 그 강렬한 눈빛에 쉬리는 순간 숨을 멈췄다.

나리가 조심스럽게 상자를 열자, 그 안에는 권총과 탄환이 들어 있었다. 빛바랜 은빛 광택을 띤 권총, 발터 PPK. 그리고 그 옆에는 검은 빛깔의 .32 ACP 할로 포인트 탄환 두 발이 가지런히 놓여 있었다.

"이건…?"

쉬리가 낮은 목소리로 물었다.

"하느님의 응답이야. 하느님의 선물이라고 해야 할까."

나리가 조심스럽게 권총과 탄환을 집어 들며 말했다. 그녀의 손은 어색하게 떨렸고, 차가운 금속의 감촉에 움찔거리는 것 같았다. 마치 처음 만져보는 물건인 듯, 그녀는 어색한 자세로 권총과 탄환을 꺼내 들었다.

쉬리는 그런 나리를 보며 미소를 지었다. 평소 밝으면서도, 신비스럽고 성스러운 모습과 달리, 총을 서툴게 다루는 그녀의 모습이 어딘가 순수하고 귀엽게 느껴졌다. 하지만 동시에, 이미 이순신 장군과의 대화를 통해 마음을 다잡긴 했지만, 하느님의 응답이 총과 탄환이라는 것에 대해 마음 한편이 아릿했다.

"이렇게 하는 거야."

쉬리는 나리에게서 권총을 받아 들었다. 쉬리의 손에 들린 권총은 마치 오랜 친구를 만난 듯 익숙하고 안정감이 있었다. 쉬리는 능숙하게 탄창을 분리하고, 그 안에 할로 포인트 탄 두 발을 장전했다. 차가운 금속이 맞물리는 소리가 조용한 성당에 낮게 울렸다.

나리는 신기한 듯 쉬리의 손놀림을 지켜보았다. 그녀의 눈빛에는 호기심과 함께, 아주 작은 불안감이 스쳐 지나가는 듯했다.

"조심해야 해."

나리는 낮게 가라앉은 목소리로 쉬리에게 말했다. 그녀의 표정이 걱정 어린 표정으로 바뀌었다. 그녀의 하얀 손은 불안한 듯 서로 얽혀 있었다.

쉬리는 묵묵히 고개를 끄덕였다. 그는 재킷 안쪽 허리춤에 권총을 밀어 넣었다. 불과 몇 시간 전, 수류탄이 자리했던 곳이었다. 차가운 금속의 감촉이 그의 옆구리를 다시 짓눌렀다. 그는 다시 한번 권총의 그립을 잡았다. 손에 익숙한 감촉이었지만, 오늘따라 그 무게감이 남다르게 느껴졌다. 그의 손가락은 방아쇠울 근처에서 긴장감 속에 미세하게 떨렸다. 목표를 향한 그의 의지는 굳건했지만, 동시에 알 수 없는 불안감이 그의 심장을 짓눌렀다.

나리의 눈빛은 쉬리의 얼굴에서 떠나지 못했다. 그녀의 입술은 굳게 다물려 있었지만, 그 속에는 수많은 걱정과 염려가 담겨 있는 듯했다.

쉬리는 나리의 걱정 어린 시선을 느꼈다. 그의 어깨는 굳건했고, 등 뒤로 감춰진 권총은 차가운 결의를 뿜어내는 듯했다. 그는 나지막이 숨을 들이쉬었다. 그의 굳게 다문 입술은 어떤 말보다 강한 의지를 드러냈다. 이제 더 이상 망설임은 없었다. 그는 나리에게 짧고 굳건한 눈빛을 보냈다. 그 눈빛 속에는 과거의 애틋함과 현재의 비장함이 공존하고 있었다. 마치 오랜 시간 벼려온 칼날처럼, 그의 결의는 흔들림 없이 빛났다.

천천히, 그러나 단호하게, 쉬리는 몸을 돌렸다. 그의 뒷모습은 묵직한 침묵 속에서 더욱 강렬하게 느껴졌다. 한 걸음, 한 걸음 멀어질수록 그의 존재감은 짙어졌고, 동시에 나리와의 거리는 야속하게 벌어졌다. 그의 넓은 어깨 너머로 짊어진 세상의 무게가 느껴지는 듯했다.

나리는 그런 쉬리의 뒷모습을 하염없이 바라보았다. 그녀의 맑고 깊은 눈동자에는 복잡한 감정이 소용돌이쳤다. 사랑하는 남자가 향할 위험한 길에 대한 깊은 염려, 하지만 해야 할 일에 굳건한 의지가 뒤섞여 그녀의 심장을 저릿하게 만들었다. 하얀 수녀복 아래 감춰진 그녀의 여린 어깨는 미세하게 떨리고 있는 듯했다.

바람이 불어와 나리의 흰 베일을 부드럽게 흔들었다. 마치 그녀의 애타는 마음을 어루만지는 듯했다. 그녀는 두 손을 모아 조용히 기도했다. 그녀가 할 수 있는 것은 오직 기도 뿐이었다. 멀어져 가는 그의 뒷모습 위로, 그녀의 간절한 기도가 조용히 내려앉았다.

"주님…. 저 사람을, 쉬리를 지켜주세요. 저희가 걸어온 길이 헛되지 않도록, 10월 26일의 초상 속에서 그 총성이 옳은 곳을 향할 수 있도록 힘을 주세요."

노을 속으로 사라지는 쉬리의 그림자는 길고 아득했다. 그리고 그 길 위에, 나리의 기도가 아물게 흩어졌다.

***

1979년, 10월 26일, 궁정동 안가, 저녁 7시 40분경

"오늘 밤에…. 해치운다."

김재규의 목소리는 낮게 갈라져 있었다. 굳게 다문 그의 입술 주변 근육이 미세하게 떨렸다. 가을 밤하늘의 공기는 싸늘했지만, 그의 이마에서는 가느다란 땀이 흐르고 있었다. 그의 눈빛은 불안과 결의가 뒤섞여 혼란스러워 보였다.

"이 총을 사용해 보십시오."

쉬리는 김재규의 손에 낯익은 검은 권총, .32 ACP 할로 포인트 탄환이 장전된 발터 PPK를 건넸다. 김재규는 발터 PPK를 받아 들었다.

잠시 후, 안가 내부의 정적을 깨고 날카로운 총성 두 발이 울려 퍼졌다. 팽팽했던 공기가 산산이 조각나는 듯한 섬뜩한 소리였다. 그러나 곧이어 '딸깍'하는 소리가 이어졌다. 격발 불량이었다.

김재규의 얼굴이 당황으로 일그러졌다. 그는 다급하게 방 밖으로 나와 다른 총을 찾기 시작했다.

"총! 총! 총 어디 있어!"

그의 목소리에는 초조함과 불안감이 고스란히 묻어났다.

그의 다급한 움직임을 본 쉬리는 재빨리 자신의 허리춤에서 스미스 앤 웨슨 리볼버를 꺼내 김재규에게 건넸다.

"여기 있습니다."

쉬리의 손 역시 미세하게 떨리고 있었다. 김재규는 쉬리가 건넨 리볼버를 덥석 움켜쥐었다. 손바닥엔 땀이 고여 있었고, 총은 거기서 미끄러질 듯 위태롭게 흔들렸다. 그는 다시 내실로 뛰어 들었고, 잠시 후, 둔탁한 마지막 총성이 울려 퍼졌다. 모든 것이 끝났다는 것을 알리는 묵직한 소리였다.

숨을 헐떡이며 내실에서 나오는 김재규는 앞을 제대로 보지 못했다. 발밑에는 흥건한 붉은 액체가 고여 있었다. 그는 순식간에 미끄러졌다.

"으악!"

균형을 잃은 그는 두 팔을 허둥지둥 휘저으며 바닥으로 엉덩방아를 찧었다. 그의 얼굴에는 당혹스러움과 짜증이 뒤섞였다.

엉덩이에서는 뻐근한 통증이 느껴졌고, 그의 손에는 끈적한 피가 묻어 있었다.

"아, 씨…."

그는 낮게 신음하며 재빨리 몸을 일으켰다. 바닥에 떨어진 리볼버를 집어 든 그의 손은 여전히 떨리고 있었다. 그렇게 그는 피 묻은 손으로 옷을 툭툭 털며, 허둥지둥 안가를 빠져나갔다.

14장

초샹

11월, 2021년

　나는 신문 기사를 봤다. 전 씨가 죽었다고 한다. 혈액암으로. 2021년 11월 24일. 늦가을의 싸늘한 공기처럼, 그의 죽음은 무덤덤하게 다가왔다. 질긴 목숨 같더니,
　나는 문방구 마당을 쓸고 있던 빗자루를 잠시 내려놓고, 스마트폰을 켜서 손가락으로 기사를 느리게 쓸어내렸다. 댓글 창은 온갖 감정들이 뒤섞여 들끓고 있었다. 분노, 조롱, 애도, 그리고 무관심까지. 그 이름 석 자가 여전히 이렇게 많은 사람들의 마음을 흔들 수 있다는 사실이, 어쩌면 놀라워야 할 일인지도 몰랐다. 나에게는, 그저 오래된 기억의 한 조각일 뿐이었다.

　2년 전, 2019년, 10월 26일. 국과수 지하 깊숙한 곳, 차가운 금

속 냄새가 감도는 어둠 속에서 나는 발터 PPK 권총을 훔쳤다. 그리고 그 물건을 40년 전 그날 밤으로 보냈다. 박 대통령의 가슴을 꿰뚫을 그 총을. 다만, 내 마지막 남은 양심의 조각이랄까. 나는 그 권총에 아주 작은 조작을 가했다. 두 발 이후에 격발이 제대로 되지 않도록. 살인을 한 번도 해보지 않은 내 하얀 손에 살인의 피를 최대한 묻히고 싶지 않은 내 마지막 양심이었다. 하지만, 이는 어리석은 내 순진함이었을지도 모른다.

그렇게 나의 마지막 양심은, 적어도 그때까지는 지켜졌다고 생각했다. 그로부터 7개월 뒤, 2020년 5월, 문방구 우편함으로 온 편지 한 통이 내 손에 들어오기 전까지는. 그 편지는 1980년 5월, 역시 40년의 시간을 건너온 편지였다. 사연자는 수녀님이었다. 엘지바 수녀님. 항상 사연자와 우리를 연결해 주는 수녀님이 이번에는 직접 사연자라니 신기한 마음으로 편지를 열었다.

편지봉투를 열자 낡은 종이 냄새가 희미하게 풍겨왔다. 수녀님의 필체는 거의 본 적이 없었지만, 수녀님의 성스럽고 아름다운 외모가 생각날 정도로 단아한 글씨체였다. 꾹꾹 눌러쓴 듯한 편지에는 10.26 사태 이후, 12.12 사태로 이어지며 전 씨가 권력을 장악해 가는 암울한 시대 상황이 담겨 있었다. 그리고 그에 반발하여 광주에서 일어난 민주화 운동, 그 처참했던 진압 과정이 고스란히 적혀 있었다. 계엄군의 총칼 아래 무고한 시민들이 쓰러져 갔고, 수녀님이 있던 성당마저 파괴되었다고 했다. 함께 지내던 아이들은 뿔뿔이 흩어졌고, 무엇보다 사랑하는 쉬리의 소식이 끊겼다는 절절한 슬픔이 행간마다 배어 있었다.

편지의 마지막 문장에는, 떨리는 손으로 쓴 듯한 간절한 외침이 담겨 있었다. "저는 전 씨를…. 그 악마를…. 죽이고 싶습니다."

수녀님의 편지를 읽는 동안, 나는 알 수 없는 먹먹함이 가슴 깊숙이 차올랐다. 40년의 시간을 뛰어넘어 전해진 그 절망과 분노, 그리고 간절한 염원이 고스란히 느껴졌다. 편지 속의 격렬한 감정들이 마치 내 자신의 기억처럼 생생하게 다가왔다.

나는 편지를 조용히 접었다. 낡은 종이의 질감이 손끝에 느껴졌다.

수녀님의 떨리는 마지막 문장이 머릿속에서 떠나지 않았다. 그분의 간절한 바람을 외면할 수는 없었다. 하지만 동시에, 그 순결했을 하얀 수녀복에 붉은 피가 물드는 모습은 상상하고 싶지 않았다. 복수는 또 다른 고통을 낳을 뿐이라고, 어쩌면 그분도 알고 계실지 모른다. 다만, 사무치는 슬픔과 분노에 잠시 이성을 잃으셨을지도 모른다.

나는 자리에서 일어섰다. 창밖은 이미 어둠이 짙게 드리워져 있었다. 2020년 5월, 전 씨는 아직 살아 있다. 나는 굳게 주먹을 쥐었다. 수녀님의 그 간절한 마지막 문장이, 오랫동안 내가 옳다고 지켜온 가치를 변화시켰다.

나는 수녀님의 하얀 손에 피를 묻히게 할 수 없었다. 그 순결한 영혼이 복수의 굴레에 갇히는 것을 원치 않았다. 그 대신, 내가 그의 죄를 심판하겠다고 다짐하였다. 내가 전 씨의 심장을 멈추게 하겠다고 다짐했다.

2020년 당시, 온 세상은 보이지 않는 역병의 공포에 휩싸여 있었다. 마스크가 일상이었고, 사회적 거리두기가 당연한 풍경이었다. 그 혼란 속에서, 나는 전 씨의 움직임을 주시했다. 공포의 바이러스 앞에서 그도 백신을 맞을 거라고 생각했다.

그러면서, 한 사람이 떠올랐다. 하얀 눈이 쏟아지던 크리스마스이브, 보육원 앞에서 만났던 그녀. 수수한 차림이었지만, 아이들을 바라보는 눈빛은 한없이 따뜻하고 맑았다. 마치 수녀님처럼, 헌신적으로 아이들을 돌보는 사람이었다. 그녀의 이름이…. 나 매구였던가….

문득 그녀가 연대 병원에서 의사로 일하고 있다는 사실이 떠올랐다. 전 씨가 정기적으로 방문하는, 그리고 백신 접종을 받을 가능성이 높은 바로 그 병원이었다.

나는 그녀를 통해 연대 병원 간호사로 들어갈 수 있었다. 하얀 마스크와 간호사복을 입고, 나는 조용히 병원 내부인이 되었다. 차갑고 소독약 냄새가 가득한 병원 복도를 걸으며, 나는 전 씨의 심장이 멈추는 순간을, 내가 직접 만들겠다고 다시 한번 굳게 다짐했다.

기회는 꼬박 1년 뒤, 2021년 5월에 찾아왔다. 아이러니하게도, 5.18 민주화 운동 기념일과 겹친 날이었다. 5·18 민주항쟁 41주년이 되는 해였다. 전 씨는 백신 접종을 위해 병원을 찾았다.

나는 주사기를 손에 쥐었다. 겉보기에는 여느 코로나 백신과 다를 바 없었다. 하지만 그 안에는, 그의 혈액 세포를 서서히 파괴하며 극심한 암성 통증 속에 죽음에 이르게 할 독약이 담겨 있었다. 내 손은 미세하게 떨렸지만, 마음은 이미 굳게 닫혀 있었다. 수녀님의 눈물과 광주의 붉은 함성을 떠올리며, 나는 전 씨에게 다가갔다.

전 씨는 순순히 팔을 내밀었다. 나는 전 씨의 팔에 차가운 바늘을 꽂았다. 독약이 전 씨의 혈관 속으로 천천히 스며들어 갔다.

그것이 전 씨의 마지막 건강한 모습이었다.

3개월 뒤, 2021년 8월. 그의 혈액암 진단 소식이 뉴스에 실렸다. 그리고 또 3개월 뒤, 늦가을의 싸늘한 바람이 불어오던 11월. 그의 죽음이 보고되었다. 2021년 11월 24일. 늦가을의 싸늘한 공기처럼, 전 씨의 죽음은 무덤덤하게 다가왔다.

나는 이 소식을 조용히 받아들였다. 복수는 끝났다. 나의 손은 깨끗하지 못했지만, 문득 마음 깊은 곳에서 희미한 온기가 피어올랐다.

수녀님의 간절한 염원을 이루어드렸다는 안도감일까. 마음 깊은 곳에서, 아주 작고 따뜻한 기쁨이 조용히 피어났다.

하지만 이것이, 나의 괴도 버드 활동 마지막이었다. 2020년 5월, 수녀님의 편지를 마지막으로 40년의 시간을 건너오는 편지는 더 이상 문방구 우편함으로 오지 않았다.

텅 빈 우편함을 바라볼 때마다, 묘한 쓸쓸함이 밀려왔다. 낡은 종이 냄새, 각양각색의 글씨체, 그 속에 담긴 간절한 외침들. 그 편지들은 단순한 글이 아니었다. 어둠 속에서 길을 잃은 나에게 조심스레 내밀어진 손이었다.

나는 독일과 한국 사이 어긋난 시간 속에 자라났다. 혼혈로 태어나 아버지 없이 성장했고, 어린 시절 학교에서는 따돌림과 냉대를 겪었다. 그 상처와 외로움에 지쳐 나는 조용히 집을 나섰다. 아버지를 찾겠다는 마음 하나만으로 건너온 한국에서, 결국 어떤 문 앞까지는 닿은 적이 있다. 그 문을 열었는지, 두드렸는지, 아니면 그냥 바라만 보았는지는 더 이상 중요하지 않았다. 다만, 그곳에 다다랐다는 기억만은 가슴에 남았다.

그 긴 여정의 무게 속에서, 어린 나이에 홀로 버티며 힘겹게 살아가던 나는 어느 날, 용민 아저씨의 문방구에서 물건을 훔치려다 걸리고 말았다. 그 일을 계기로 꾀도 버드가 되었고, 이후 수녀님이 보내준 편지들은 어둠 속에서 헤매던 내게 날개를 달아주었고, 세상과 이어지는 따뜻한 끈이 되어주었다.

누군가의 희망과 소원에 공감하고 그들을 도울 수 있다는 건, 나 자신을 비추는 일이기도 했다. 밤의 그림자를 쫓는 위험한 일이었지만, 그 속에서 나는 이전에는 느껴보지 못했던 벅찬 희열과 살아있다는 감각을 느꼈다.

어쩌면 수녀님은, 40년의 시간을 건너 나에게 작은 씨앗을 심어주신 것인지도 모른다. 수녀님이 40년 전 아이들을 돌보듯이. 외로움과 상처 속에서 메말라 가던 내 마음에, 작은 꽃을 피울 수 있도록 이끌어 주셨다.

하지만 이제, 더 이상 그분이 보낸 편지를 받을 수 없다는 사실이, 깊은 아쉬움을 남겼다. 한 번도 뵌 적 없는 분이었지만, 편지로 맺어진 그 특별한 교감은, 세상 그 어떤 관계보다 깊고 끈끈했다. 마치 오랜 시간을 함께한 친구와 헤어지는 것처럼, 가슴

한쪽이 텅 비어버린 느낌이었다.

　나는 조용히 빗자루를 다시 잡았다. 늦가을의 햇살이 싸늘하게 뜰을 비추고 있었다. 억새처럼 마른 빗자루 끝이 마당의 낙엽 위를 스치는 소리가, 텅 빈 마음에 작은 울림을 주었다. 켜켜이 쌓인 낙엽들은 지난 시간의 흔적처럼, 덧없이 흩어져 뒹굴었다. 나는 천천히, 그리고 묵묵히 빗자루질을 시작했다. 바람에 실려 온 낙엽들이 다시 마당에 내려앉았지만, 개의치 않고 쓸어 담았다. 마치 엉킨 마음의 매듭을 풀 듯, 조용히 빗자루를 움직였다. 늦가을 햇살 아래, 오래된 버드나무 곁에서 빗자루질하는 나의 모습은, 이제 더 이상 밤의 그림자를 쫓던 괴도 소녀의 날카로움 대신, 평온하고 쓸쓸한 풍경의 일부가 되어 있었다.

　나는 천천히 빗자루질을 계속했다. 늦가을 햇살은 싸늘했지만, 왠지 모르게 마음은 조금씩 차분해지는 듯했다. 텅 빈 마당을 쓸어 담는 단순한 노동 속에서, 복잡했던 생각들이 조금씩 정리되는 기분이었다.

　그때, 미묘한 시선이 느껴졌다. 빗자루질을 멈추고 천천히 돌아보았다. 마당 입구에 한 여자가 서 있었다. 40대 초중반쯤으로 보이는 여자는, 세련된 붉은색 코트에 날카로운 인상의 뿔테 안경을 쓰고 있었다. 도도하면서도 새침한 분위기가 풍겼고, 어딘가 모르게 지적인, 교수 같은 느낌을 주었다. 그 여자의 시선은 날카롭게 내 움직임을 꿰뚫고 있었다. 낯선 방문자의 갑작스러운 등장에, 잠시 잊고 지냈던 경계심이 다시 고개를 들었다. 이 여자는 누구이며, 이곳에는 어쩐 일로 온 것인가. 싸늘한 늦가을 햇살 아래, 낯선 여자의 존재는 문방구의 마당에 묘한 긴장감을 불어넣었다.

나는 빗자루를 든 채, 경계하는 눈빛으로 그 여자를 바라보았다.
"무슨 일이시죠?"

내 목소리가 다소 날카롭게 울렸다. 문방구 마당에 울려 퍼지는 내 목소리는, 싸늘한 공기만큼이나 차갑게 느껴졌다.

여자는 고개를 돌려 내 눈동자를 바라보았다. 여전히 도도하고 새침한 표정이었지만, 어딘가 모르게 아련한 그림자가 스쳐 지나가는 듯했다.

"아…. 미안해요."

여자의 목소리는 낮고 차분했다.

"그냥…. 잠시 멍하니 있었네요. 옛날 생각이 나서요."

여자는 시선을 내 쪽에서 거두고, 마당 한가운데를 바라보았다. 늦가을 햇살에 반짝이며 뒹구는 낙엽들, 그리고 그 위로 쓸쓸하게 드리워진 버드나무의 그림자. 여자는 그 풍경을 바라보며, 마치 시간 너머의 어떤 순간에 잠긴 사람처럼 눈빛을 흐렸다.

"저 어렸을 때, 옛날에도…. 항상 수녀님이 그렇게 마당을 쓸곤 하셨거든요."

여자의 목소리는 나지막했지만, 그 속에는 깊은 회상과 그리움이 배어 있는 듯했다. 그리고 나는 수녀님이라는 말에 깜짝 놀랐다.

"가을 햇살 아래, 낡은 빗자루로 마당을 쓸던 그 모습이…. 참 평화로워 보였어요. 억새처럼 마른 빗자루 끝이 낙엽 위를 스치는 소리…. 그 소리가 유난히 텅 빈 마음에 울렸었는데….”

여자는 마치 그 시절의 풍경 속에 잠겨 있는 듯했다.

"수녀님이요?"

그 말이 튀어나온 건, 거의 반사적인 반응이었다. 나도 방금까지, 아니 아까부터 내내 수녀님을 떠올리고 있었기에.

그런데 지금- 그 단어가 흘러나오다니. 가슴 안쪽에서 묘한 기시감이 일었다.

나는 멍하니 여자를 바라보았다. 여자는 흩어진 낙엽들 사이로 시선을 떨어뜨린 채 말을 이었다.

"어릴 때는…. 솔직히 수녀님이 조금 바보 같다고 생각했었어요."

여자의 입가에 희미한 미소가 번졌다.

"늘 낡은 빗자루만 붙잡고 마당을 쓸고, 고아들 데려다가 뒤치다꺼리나 하고…. 내가 모를 거로 생각했는지, 밤에는 잘생긴 아저씨랑…. 훗, 참 세상 물정 모르는 순진한 사람이라고 생각했죠."

여자는 피식하며 말했다. 나는 나도 모르게 여자의 말을 멍하니 듣고 있었다. 용민 아저씨에게 듣고, 편지 속에서 느껴졌던 수녀님의 특이하면서도, 헌신적이고 순수한 모습이 떠올랐다.

"그런데…. 이상하게 나이가 들수록, 수녀님의 빗자루질이 다르게 보이더라고요."

여자는 나지막한 목소리로 말을 이었다. "낙엽이 켜켜이 쌓인 마당을 묵묵히 쓸어가는 모습이…. 어쩌면 그건, 우리 마음속의 고민을 쓸어내려는 몸짓이었을지도 모른다는 생각이 들었어요.

세상의 풍파에 닳고 상처 입은 영혼들을, 말없이 보듬어 안으신 분이라는 걸 깨달았죠."

여자는 잠시 침묵하더니, 나를 바라보며 싱긋 웃었다. 그 웃음은 아까의 새침한 표정과는 달리, 어딘가 따뜻하고 편안한 느낌을 주었다.

"지금요."

여자는 조용히 말을 이었다.

"당신이 빗자루를 들고 서 있는 바로 그 자리요."

나는 눈을 크게 떴다. 여자는 미소를 머금은 채, 천천히 고개를 끄덕였다.

"40년 전에도, 수녀님이 딱 그 자리에서 마당을 쓸곤 하셨어요."

그 말은 총 맞은 것처럼 내 가슴 안쪽 어딘가에 박혔다. 단단하고 조용하게, 마치 정조준된 듯. 나는 말없이 내 발밑을 내려다보았다.

내가 지금 서 있는 이 자리. 낡은 빗자루를 쥔 손, 낙엽이 뒹구는 늦가을 문방구의 마당, 이 모든 것이- 그녀의 말 한마디로 인해 갑자기 전혀 다른 의미로 다가왔다.

전율이, 아주 조용히, 그러나 확실하게 등을 타고 흘러내렸다.

"네? 40년 전 이 자리에 수녀님이 있었다는 건…?"

나는 멍하니 말했다. 지금 내가 낡은 빗자루를 들고 서 있는 이 문방구의 마당, 늦가을 햇살이 싸늘하게 흩뿌려지는 이곳이- 수녀님이 발을 딛고, 기도하고, 마당을 쓸던 그 자리였다니.

나는 온몸의 감각이 낯설게 느껴졌다. 발밑의 차가운 흙의 감촉, 손에 잡힌 억센 빗자루의 질감, 코끝을 스치는 싸늘한 바람까지, 모든 것이 40년 전의 풍경과 겹치는 듯한 기묘한 기분이었다.

여자는 나의 혼란스러운 표정을 잠시 바라보더니, 부드럽게 고개를 끄덕였다. 여자의 눈빛은 아련한 추억으로 가득 차 있는 듯했다.

"네, 맞아요."

여자의 목소리는 낮고 차분했다.

"40여 년 전 이 자리엔…. 금남로 성당이 있었어요. 고아였던 제가 수녀님 보호 속에 자란 곳이기도 하죠."

여자의 말은 담담했지만, 그 속에는 누군가의 품에 안겨 있던 시절의 체온이 묻어 있었다.

여자의 말은 마치 거대한 망치처럼 나의 뇌리를 강타했다. 신비로운 편지 속에서 희미하게나마 느껴졌던 성스럽고 평화로운 공간. 그곳이 바로…. 이곳이었다니.

여자의 다음 말에 나는 그제야 모든 것을 이해할 수 있게 되었다.

"5.18 민주화 운동 때…. 그 모든 아픔과 함께 성당도 부서졌지만요."

붉은 코트를 입고 있는 여자는 슬픈 일이었지만, 이미 지나간 일이라는 듯 미소를 지어 보이며 말했다.

5.18.

40년 전 광주를 붉게 물들였던 그날의 비극. 수녀님이 그토록 절망하며 편지에 적어 내려갔던 그 참혹한 역사 속의 현장이, 바로 지금 내가 발을 딛고 서 있는 이곳이었다니. 문방구 마당에 불어오는 가을바람은, 그날의 핏빛 울음소리를 싣고 오는 듯 싸늘하게 느껴졌다.

나는 천천히 주변을 둘러보았다. 낡은 빗자루가 손에 들려 있었다. 문방구와 고목이 쓸쓸하게 드리운 마당, 그 곁으로 보이는 빨간 우편함. 40년 전 이곳은, 수많은 사람들의 기도와 눈물이 스며든 성스러운 공간이었으리라. 그날의 총성과 비명, 절망과 슬픔이, 이 땅에 깊게 새겨져 있었을 것이었다.

아…. 그랬던 거구나. 아픔을 고스란히 간직한 이 자리에서, 세상 사람들의 희망은 여전하다는 것을 40년 후에도 보여주고 싶었던 거였구나. 비록 성당 건물은 무너졌지만, 그 안에 있는 누군가의 바람과 소원, 희망과 염원은 무너지지 않았다는 것을.

시간을 거슬러 온 그 편지는, 단순한 과거의 기록이 아니었다. 그것은 짓밟힌 정의와 잃어버린 사랑에 대한 사무치는 외침이었고, 어둠 속에서도 꺼지지 않던 한 줄기 희망의 불빛이었다. 40년이라는 시간을 뛰어넘어, 그 간절한 마음이 전해진 것이다.

문득, 발밑의 흙이 예사롭게 느껴지지 않았다. 그날의 아픔을 기억하는 땅, 수녀님의 눈물이 스며든 성스러운 터전. 나는 낡은 빗자루를 더욱 굳게 움켜쥐었다. 늦가을 햇살이 싸늘하게 문방구 앞 마당을 비추고 있었다. 그 빛은, 40년 전 수녀님이 흘렸던 눈물처럼, 애잔하고 신비롭게 느껴졌다. 시간의 흐름 속에서도 변치 않는 인간의 슬픔과, 그럼에도 불구하고 미래를 향해 나아가려는 간절한 염원이, 이 작은 문방구 마당에 묘하게 공존하고 있는 듯했다.

"사실…."

여자가 다시 입을 열었다. 여자는 눈빛은 한층 부드러워져 있었다.

"저는 수녀님의 부탁으로 왔어요."

그 말이 가을빛 속에 가만히 내려앉는 순간, 내 손에 쥐어진 빗자루가 문득 무겁게 느껴졌다. 심장이 순간적으로 멎는 듯 멈칫했고, 머릿속은 하얗게 비워졌다가 천천히, 조용히 감정의 물결로 채워지기 시작했다.

편지 속에서만 존재하던 그분. 가까운 듯 멀고도 아득했던 수녀님의 숨결이 지금, 내 눈앞에 선 이 여자의 말 한마디를 통해 현실처럼 가까워졌다. 마치 수녀님이 정말로 지금 내 곁에 다가온 것만 같았다.

그녀가, 나를 다시 찾아온 것이다. 다만, 이젠 우편함 대신 사람을 통해.

여자는 그런 나를 가만히 바라보다가, 햇살에 닿은 얼굴 위로 잔잔한 미소를 띠었다. 그 미소는 말보다 더 깊고, 시간보다 더 오래 지속될 것 같은 온기를 담고 있었다.

"수녀님이요…. 당신한테 고맙다고 전해달래요."

그 말은 바람처럼 스쳤지만, 내 마음 깊은 곳까지 천천히 스며들었다. 40년이라는 세월을 기다린 감사. 편지를 통해 맺어진 그 깊은 교감이, 이렇게 마지막 순간까지 이어져 온 것이었다. 나는 왠지 모르게 가슴 밑바닥에서부터 무언가 올라온 듯 눈물이 핑 돌았다.

그때, 여자가 가방을 열었다. 여자의 손끝이 마치 소중한 물건을 다루는 듯 조심스러웠다. 그리고 이윽고, 여자는 가로로 두 번 접힌 작은 편지 한 장을 꺼내 들었다.

햇살이 그 위로 부드럽게 내려앉았다. 평소 우편함을 통해 보았던 오래전 편지지가 아닌, 어제 새로 산 것만 같은 편지지처럼 보였다. 얇은 한 장의 종이였음에도, 귀하고 소중한 물건처럼 느껴졌다.

여자는 두 손으로 편지를 쥔 채, 내 앞에 다가왔다. 그리고 여자는 내 손 앞으로 그것을 내밀었다.

"수녀님이 당신께 쓰신 편지예요."

그 순간, 나는 아무 말도 할 수 없었다. 내 눈앞에 있는 이 편지에서 수녀님의 체온 같은 따스함이 전해져 오는 것 같았다.

나는 귀한 물건 다루듯 조심스레 편지를 받아 들었다. 그리고는 접힌 편지를 두 번 펼쳤다.

편지지 위에는 단정하고 익숙한 글씨체가 보였다. 내가 1년 반 전 거의 처음이자 마지막으로 보았던 수녀님의 단아한 글씨체. 하지만 이번만큼은 어딘가 달랐다. 그때의 분노는 자취를 감추고, 부드럽고 가벼운 온기가 글자마다 스며 있었다. 차분하고 느린 획들. 오랜 시간이 스친 흔적이 느껴졌다. 편지지는 어려졌지만, 글씨는 나이를 먹어 있었다.

나는 글씨 하나하나를 곱씹듯이 천천히 읽었다. 수녀님의 편지가 주는 마음속에 스며드는 감정들이 나를 다시 일으켜 세우고 있었다. 어느새 눈물이 흘렀다. 나는 조심스럽게 눈가를 훔쳤다. 눈물이 볼을 타고 흘러내렸다.

"저도…. 수녀님께 전해주시겠어요?"

목이 메어왔지만, 나는 천천히, 숨을 가다듬으며 말을 이었다.

"항상 고마웠다고, 그리고 진심으로, 감사했다고. 그리고…. 앞으로도…. 괴도 활동 열심히 하겠다고."

말이 끝나자 내 안에서 무언가 하나가 고요히 내려앉았다. 긴 하나의 여정을 끝낸 작은 새가 한 줄기 빛 위에 잠시 내려앉듯, 마음 어딘가에 조용히 평온이 스며들었다.

나는 다시금 흐르는 눈물을 닦아냈다. 40년 전, 이름도, 얼굴도 모르는 수녀님이 보낸 작은 편지 한 장이 내 삶을 바꾸었고, 그 편지가 이끌어 낸 만남들과 선택들이 나를 여기까지 데려다주었다는 사실이 가슴에 천천히 새겨졌다.

용민 아저씨를 만난 것도, 물건을 품고 달려온 것도, 밤을 건너 괴도 버드가 되었던 일도- 모두 한 줄기 빛에서 시작된 일이었다.

나는 고개를 들었다. 늦가을 햇살 아래 선 여자의 모습이 마치 먼 길 끝에서 나타난 어떤 이정표처럼 따뜻하고 선명하게 보였다. 여자의 잔잔한 미소 속엔 수녀님의 마음이 고스란히 스며 있었고, 그 마음은 또다시 내 안에 조용히 불을 지폈다.

문방구 마당 위로 가을 햇살이 흘렀다. 빨간 우편함은 여전히 그 자리에 있었고, 그 앞에는 더 이상 기다림이 아닌 깊은 고요와 감사가 남아 있었다.

그날의 햇살은 작별이 아니라, 또 다른 새로운 시작이기도 했다.

1598년 11월, 노량

   바다는 검붉은 핏빛으로 출렁였다. 이순신은 판옥선 선두에 서서, 한 손에 든 장검을 고요히 들어 올렸다. 그의 눈앞엔 시마즈 요시히로가 이끄는 수백 척의 왜선이 포진해 있었다. 그들의 돛은 어둠 속에서 벌레처럼 꿈틀거렸고, 그들이 노를 저을 때마다 바다는 무겁게 떨렸다.
   그러나 이순신의 눈빛은 흔들리지 않았다. 아니, 오히려 전보다 더욱 날이 서 있었다.
   쉬리.
   그 낯선 사내가 전한 미래는, 그의 가슴을 칼처럼 베어냈다.
   임진왜란이 끝난 뒤 300년, 일본은 다시 한반도를 침탈하고,

백성들은 또다시 땅을 잃고 말문이 막힌다고 했다. 그 말을 들은 후, 이순신은 밤마다 바다를 바라보았다. 울컥 차오르는 분노와 책임, 그 모든 감정을 조용히 씹었다.

"그렇다면…. 지금, 이 바다에서, 내 손으로 모든 씨를 끊겠다."

이순신은 마침내 검붉은 안개 속에서 입을 열었다.

"왜군을 바다에 수장하라. 단 한 척도 돌려보내지 마라. 이 싸움은 오늘, 나라의 운명을 가르는 싸움이다. 살아서 돌아가려 하지 말고, 오직 이 바다에서 나라를 지켜라."

신호기가 번쩍였다. 짙은 어둠 속에서 이순신 함대 수군의 북소리가 터졌다.

"둥! 둥! 둥!"

배들 사이를 울리며 번진 북은 마치 전쟁의 신이 직접 내리친 듯 무겁고 절박했다.

화포가 동시에 불을 뿜었다. 판옥선에서 뿜어져 나간 불줄기는 하늘을 찢으며 왜선을 가르며 터졌다. 그 안에서 인간의 비명, 타는 나무의 비릿한 냄새, 파도의 울음이 뒤섞였다.

"물러서지 마라!"

이순신은 바다를 울리는 외침으로 병사들을 일으켰다.

"우리가 물러서면, 훗날의 백성이 땅을 잃고, 이름을 잃고, 말을 빼앗기게 될 것이다! 오늘, 이 바다에서 우리가 죽더라도, 미래는 살 것이다!"

왜군은 미친 듯이 몰려들었다. 불타는 배를 버리고 기어오르는 왜병들, 죽음도 두려워하지 않는 그들의 눈빛은 망령 같았다.

그러나 이순신 함대의 수군은 오히려 한발 더 나아갔다. 이순신의 명에 따라, 도망치는 적선을 쫓아가며 격침시켰다. 평소의 이순신이라면 결코 하지 않았을 무모한 공격. 하지만 지금 그는 알고 있었다. 한 척이라도 돌아가게 두면, 그 하나가 역사가 되어 나라를 삼킬 것이었다.

이순신의 몸은 상처투성이가 되었다. 적의 화살이 장군의 갑옷을 뚫고 옆구리를 물어뜯었고, 등 뒤에서 폭발한 연기가 목덜미를 그슬렸다. 하지만 그는 돌아보지 않았다. 아픔도, 피도, 죽음도…. 지금은 문제가 아니었다.

'내가 여기서 멈춘다면, 왜군은 후세에 또다시 칼을 들게 될 것이다.'

그의 판옥선은 이미 선두에서 왜선을 3척이나 들이받고, 덮치고, 부쉈다. 화염 속에서 적장을 쓰러뜨리는 조선 병사의 울음소리가 들렸다. 불타는 왜선의 돛대가 갈라진 달 아래 무너졌다.

그러나 전투는 끝나지 않았다.

왜군의 거대한 아타케부네가 이순신의 배를 향해 돌진해 왔다. 그 순간, 장군은 장검을 꽉 쥐었다. 손등의 핏줄이 불빛 아래 도드라졌다.

"모두 사격 준비!"

"화포, 화살, 쇠뇌, 모두 적선을 조준하라!"

병사들의 눈이 일제히 적선을 향했다. 그 순간, 이순신은 중얼거리듯 말했다.

"이건 내 싸움이 아니다…. 300년 후 백성의 싸움이다."

그리고 외쳤다.

"쏴라!!!"

순간, 수십 개의 화염이 적선을 삼켰다. 아타케부네는 비명조차 지르지 못하고 사라졌다. 적선의 선두가 조각나듯 허물어지고, 선원들이 하나둘 바다로 떨어졌다. 바다는 더 이상 푸르지 않았다. 분노, 절규, 희생이 뒤엉켜 칠흑처럼 짙었다.

이순신은 고요히 눈을 감았다.

"이 바다를 넘어가지 못하게 하라."

그 한마디에, 조선 수군의 남은 배들이 일제히 전진했다. 적을 몰아냈고, 쫓아갔고, 보이는 족족 불태웠다.

노량해협 위에서, 이순신은 칼은 빛나고 있었다. 그는 명령했고, 그 명령은 장엄했고, 비장했다.

그때였다.

멀리서, 검은 연기 속 어딘가에서 작은 불빛 하나가 튀었다. 치열한 전투 속에서 아무도 주목하지 않았던, 작은 세키부네 왜선 위에서 탄환 하나가 날아왔다.

"텅-"

기묘한 금속음이 바다 위에 울렸다.

이순신은 순간, 움직임을 멈췄다. 어딘가에서 작은 벌레가 지나간 듯한 바람이 옷자락을 스치고, 그와 동시에 왼쪽 가슴 아래, 심장 가까이에서 묵직한 통증이 일어났다.

이순신은 고개를 내렸다. 갑옷 틈새로 진붉은 피가 잔잔히 퍼지고 있었다. 피가 물처럼 흘렀다. 마치, 바다로 돌아가는 것처럼 조용히, 천천히.

　이순신은 그대로 무릎을 꿇었다. 하지만 쓰러지지 않았다. 그를 부축하려고 달려오는 장수들을 보고, 그는 마지막으로 말했다.

　"…수선 떨지 마라. 싸움이 급하니…. 내 죽음을 병사들이 알게 해서는 안 된다."

　그 목소리는 바다의 물결처럼 나직했고, 깊은 울림이 있었다.

　"지금…. 우리는 미래를 지키는 싸움을 하고 있다. 이 싸움의 끝을, 반드시…. 책임져야 한다."

　그리고, 이순신은 마지막으로 하늘을 올려다보았다. 검은 연기 틈 사이로, 수평선 너머, 한 줄기 햇살이 스며들고 있었다.

　그 햇살 아래서, 그는 조용히 눈을 감았다. 미소도 아니고, 한숨도 아니었다. 그건 나라의 무게를 견딘 자만이 가질 수 있는— 평온한 침묵이었다.

　그의 숨이 멎는 순간, 바다 위의 바람이 잠시 멈췄다. 그리고 노량해협 너머로 떠오르는 동틀 녘, 수평선 위로 붉은 햇살이 피어올랐다.

사랑하는 괴도 버드님께

  이렇게 편지를 쓰는 것이 참 오래간만입니다.
  손끝이 떨리는 것은 세월 탓일까요, 아니면 괴도 버드님께 편지를 40여 년 만에 다시 쓰는 이 감정 때문일까요. 어쩌면 둘 다겠지요.
  괴도 버드님, 부디 이 글을 조용한 마음으로 읽어주시기를 바랍니다. 지금 생각하면, 그때 저는 참 어리고 철없던 수녀였습니다. 수많은 사연을 품은 편지를 계속 보내면서, 괴도 버드님께서 밤마다 얼마나 뛰어다니셨을지를…. 그땐 미처 상상하지 못했지요.
  그래도 그 모든 일을 묵묵히 감당해 주셔서, 진심으로…. 그리고 슬쩍 미안한 마음도 담아, 감사합니다.
  괴도 버드님 덕분에 수많은 이들의 소원이 이루어졌습니다. 어둠 속에서 희망의 빛을 찾지 못했던 이들이, 괴도 버드님께서 뿌린 기적의 씨앗들 덕분에 다시 한 번 용기 내어 일어설 수 있었습니다. 그 작은 불씨들이 모여 우리 모두의 마음속에 굳건한 믿음으로 피어났고, 그 믿음은 오늘을 살아가는 모든 이들의 힘이 되었습니다.

괴도 버드님, 당신의 발걸음 하나하나가 수많은 이들의 삶에 따스한 빛으로 새겨져 있습니다. 그 고마움은 말로 다 표현할 수 없지만, 이 편지에 담긴 제 마음이 그 작은 증표가 되었으면 합니다.

하지만 1980년 5월의 저는, 미쳐 있었습니다. 두려움과 분노가 매일 뒤엉켰고, 사랑하는 이들이 하나둘 떠나는 모습을 지켜보며 저 자신도 무너지고 있었습니다.
  그때 저는 편지를 보냈지요. 어린 마음으로, 절박한 마음으로, 누군가가 이 고통을 알아봐 주기를 바라며. 하지만 기다려도, 아무런 응답이 없었습니다. 그 침묵이 원망으로 번졌었습니다. 왜 아무 말도 해주시지 않았을까, 왜 저의 절박한 마음을 모른 척하셨을까 하고요.
  하지만 시간이 흐르면서 알게 되었습니다. 그 시간 속의 저는 얼마나 벼랑 끝에 서 있었는지를. 그리고 그 벼랑에서 떨어지지 않도록 조용히, 그러나 단단하게 괴도 버드님께서 저를 붙잡아 주셨다는 것을요.
  제가 분노에 휩쓸려 끝내 스스로를 잃지 않도록, 제 안의 작은 등불을 지켜주신 것 - 그것이야말로 가장 큰 응답이었음을 알았습니다.

감사합니다. 괴도 버드님. 그날의 침묵은 외면이 아닌 보호였음을 지금의 저는 알고 있습니다.
　　그리고 이제, 저의 오랜 바람이 조용히 이루어졌습니다. 정의는 더디지만 반드시 돌아온다는 것을, 증명해 주셨습니다.
　　또한, 그날 이후 긴 시간 어디론가 사라져 버린 정의로운 한 사람 역시, 이제는 많은 이들의 신뢰와 존경 속에서, 조용히, 그러나 누구보다 단단하게 이 나라의 앞길을 함께 걸어가고 있습니다.
　　그리고 그 길 위에는, 괴도 버드님의 발걸음도 겹쳐져 있습니다. 그 발걸음 하나하나가, 잃어버린 정의를 되찾는 이 나라의 숨은 기도이자, 꺼지지 않는 희망이 될 것입니다.

　　괴도 버드님, 비록 앞으로 더는 사연이 담긴 편지가 가지 않을 것이지만, 부디 그 여정을 멈추지 말아 주셨으면 합니다.
　　잊진 않았지만, 한동안 마음 한켠에 묻어두었던 기억이, 이제야 비로소, 제 안에서 다시 울리고 있습니다.
　　40여 년 전, 제가 인연을 맺었던 안중근 선생님. 그분의 유해가 여전히 이 땅으로 돌아오지 못하고 있다는 사실을 떠올렸을 때, 가슴 깊은 곳이 먹먹해졌습니다. 그분이 남긴 말, "내가 죽은 뒤에 나의 뼈를 하얼빈 공원 곁에 묻어두었다가 우리 국권이 회복되거든 고국에 묻어다오." 그 말이 지금도 제 귀에 또렷하게 울려 퍼지고 있습니다.

　하지만 우리는 아직 그 유해조차 찾지 못했고, 그분이 남긴 마지막 뜻조차 끝내 지켜드리지 못한 채 살아가고 있습니다. 그분의 유해는 단지 한 영웅의 것이 아니라, 우리나라가 지켜내야 할 자존이며, 기억이며, 역사이며, 정의이자 희망이었습니다.

　그날 이후로 저는 알게 되었습니다. 안중근 선생님처럼, 우리 민족의 정체성과 존엄을 품은 수많은 문화재가 고향을 그리워한 채 지금도 돌아오지 못하고 있다는 것을요. 더 안타까운 건, 선생님의 유해는 어디 있는지조차 모른 채 방황하고 있지만, 이 문화재들은 어디에 있는지, 우리가 똑똑히 알고 있다는 사실입니다.

　그래서 괴도 버드님, 그래서 이렇게 또 한 번 부탁드립니다. 이 문화재들이 잃어버린 채 남겨지지 않도록, 당신의 손끝으로 하나씩, 조용히, 그러나 단단하게 되

찾아 주셨으면 합니다.
  이 여정 끝에서, 우리는 다시금 진실을 마주하게 될 것입니다. 잃어버린 것을 되찾는 건, 단지 과거를 복원하는 것이 아니라- 이 나라가 앞으로 나아갈 길을 밝히는 일이라는 것을요.

  그때가 되면, 모두가 알 것입니다. 당신이 남긴 자취가 단지 전설이 아니라, 진실이라는 것을요.
  이 여정이 부디 외롭지 않기를 바랍니다. 당신을 기억하는 이 철없는 수녀의 기도가 언제 어디서나 괴도 버드님 곁을 따뜻하게 감싸기를 바랍니다.
  감사합니다. 그리고 언제까지나…. 당신의 고요하지만, 뜨거운 정의의 그림자를 응원하겠습니다.

엘지바 드림